# Italo Calvino

# Der geteilte Visconte

Roman



dtv

Die Taschenbibliothek

Deutsch von
Oswalt von Nostitz

Ungekürzte Ausgabe

Juni 1996
Deutscher Taschenbuch Verlag GmbH & Co. KG,
München

Titel der italienischen Originalausgabe:
›Il Visconte dimezzato‹
(Giulio Einaudi editore, Turin 1952)

ISBN 3-446-14078-6
Deutsche Erstveröffentlichung: Frankfurt am Main 1957
Umschlaggestaltung: Balk & Brumshagen
Umschlagbild: Ausschnitt aus dem Gemälde ›Francesco Maria della Rovere, Herzog von Urbino‹ (um 1508) von Bartolommeo Veneto
Gesamtherstellung: C. H. Beck'sche Buchdruckerei,
Nördlingen
Printed in Germany · ISBN 3-423-08323-9

# I

Es war ein Krieg gegen die Türken. Der Visconte, Medardo di Terralba, mein Onkel, ritt über die böhmische Ebene, um sich zum Lager der Christen zu begeben. Ein Schildknappe namens Curzio begleitete ihn. Die Störche flogen niedrig; in weißen Schwärmen durchschnitten sie die undurchsichtige und ruhige Luft.

»Warum sieht man so viele Störche?« fragte Medardo den Curzio. »Wohin fliegen sie?«

Mein Onkel war eben eingetroffen, denn er hatte sich erst kurz zuvor anwerben lassen, um gewissen uns benachbarten Herzögen, die in jenen Krieg verwickelt waren, gefällig zu sein. In der letzten Burg, die in christlicher Hand war, hatte er sich mit einem Pferde und einem Knappen versehen und wollte sich nun im kaiserlichen Hauptquartier vorstellen.

»Sie fliegen zu den Schlachtfeldern«, sagte der Knappe düster. »Sie werden uns auf dem ganzen Wege begleiten.«

Dem Visconte Medardo war bekannt, daß der Flug der Störche in jenen Ländern als Glückszeichen gilt; so gab er sich Mühe, über ihren Anblick erfreut zu erscheinen. Doch unwillkürlich fühlte er sich beunruhigt.

»Was kann denn die Stelzvögel auf die Schlachtfelder locken, Curzio?« fragte er.

»Auch sie fressen jetzt Menschenfleisch«, erwiderte der Knappe, »seit die Not die Felder ausdörrte und die Trockenheit die Flüsse versiegen ließ. Wo Kadaver liegen, sind Störche, Flamingos und Kraniche an die Stelle der Raben und Geier getreten.«

Mein Onkel war damals sehr jung. Er stand in jenem Lebensalter, in dem alle Empfindungen einen verworrenen Anlauf nehmen, sich noch nicht in gut und böse scheiden – dem Alter, in welchem jede neue Erfahrung, mag sie auch grausig und unmenschlich sein, von Lebenslust zittert und glüht.

»Und die Raben? Und die Geier?« fragte er. »Und die anderen Raubvögel? Wo sind die denn hin?« Er war blaß, aber seine Augen glänzten.

Der Schildknappe war ein schwärzlicher, schnurrbärtiger Soldat, der niemals den Blick hob. »Da sie darauf versessen waren, die Pestleichen zu fressen, hat die Pest auch sie befallen« – und dabei wies er mit der Lanze auf gewisse schwarze Sträucher, an denen man bei näherem Hinsehen keine belaubten Zweige, sondern Federn und steife Raubvogelfüße erkannte.

»Da sind sie, und so weiß man nicht, wer zuerst gestorben ist, der Vogel oder der Mensch, und wer sich auf den anderen gestürzt hat, um ihn zu zerfleischen«, sagte Curzio.

Um der Pest zu entkommen, welche die Völkerschaften ausrottete, waren ganze Familien über Land gewandert, und dabei hatte sie der Todeskampf überrascht. In Leichenhaufen, die über die kahle Ebene verstreut waren, sah man Männer- und Frauenleiber, nackt, von Beulen entstellt und – was zunächst unerklärlich war – gefiedert; als wären aus diesen ihren abgezehrten Armen und Rippen schwarze Federn und Flügel herausgewachsen. Es waren das die Geierkadaver, die sich mit den menschlichen Überresten vermischt hatten.

Schon zeigte das Gelände hie und da die Spuren früherer Schlachten. Es ging nun langsamer voran, da die beiden Pferde störrisch wurden, zur Seite sprangen und sich aufbäumten. »Was ist denn in unsere Pferde gefahren?« fragte Medardo den Knappen.

»Herr«, antwortete er, »nichts mißfällt den Pferden so sehr wie der Geruch der eigenen Eingeweide.«

In der Tat war der Landstreifen, den sie gerade überquerten, besät von Pferdekadavern; einige lagen auf dem Rücken und streckten die Hufe gen Himmel; andere neigten sich vornüber und bohrten ihr Maul in den Boden.

»Warum sind hier so viele Pferde gestürzt, Curzio?« fragte Medardo.

»Sobald das Pferd spürt, daß sein Bauch aufgeschlitzt ist«, erklärte Curzio, »versucht es, seine Eingeweide zusammenzuhalten. Manche legen den Bauch auf den Rücken, damit die Gedärme nicht heraushängen. Doch der Tod überrascht sie alle, ohne Säumen.«

»Sterben denn also vor allem die Pferde in diesem Kriege?«

»Die türkischen Krummsäbel scheinen eigens dazu geschaffen, ihre Leiber mit einem Hieb aufzutrennen. Weiter vorn werdet Ihr die Leichen der Soldaten sehen. Zuerst trifft es die Pferde und danach die Reiter. Aber dort ist schon das Lager.«

Am Rande des Horizontes erhoben sich die Spitzen der höchsten Zelte und die Standarten des kaiserlichen Heeres; auch stieg Rauch auf.

Als sie weitergaloppierten, sahen sie, daß die Gefallenen der letzten Schlacht fast alle entfernt und begraben waren. Nur hie und da gewahrte man Glieder, vor allem Finger, die auf den Stoppeln lagen.

»Ab und zu zeigt uns ein Finger den Weg«, sagte mein Onkel Medardo. »Was soll das bedeuten?«

»Gott verzeih ihnen! Die Lebenden schneiden den Toten die Finger ab, um die Ringe an sich zu nehmen.«

»Halt! Wer da?« rief ein Wachtposten, dessen Mantel mit Schimmel und Flechten bedeckt war, wie die Rinde eines Baumes, der dem Nordwind ausgesetzt ist.

»Es lebe die heilige Kaiserkrone«, schrie Curzio.

»Und Tod dem Sultan!« erwiderte der Wachtposten.

»Aber, ich bitte Euch, wenn Ihr beim Kommando angelangt seid, so fragt sie, wann sie sich entschließen, mir die Ablösung zu schicken, denn ich schlage hier allmählich Wurzeln.

Die Pferde liefen nun schnell, um der Fliegenwolke zu

entgehen, die das Lager umgab und über den aufgetürmten Exkrementen summte.

»Von vielen Tapferen«, bemerkte Curzio, »liegt der gestrige Kot noch auf der Erde, und sie selber sind schon im Himmel«, und er bekreuzigte sich.

Am Eingang zum Lager kamen sie an einer Reihe von Baldachinen vorüber, unter denen in langen Brokatröken, mit nacken Brüsten üppige und beleibte Weiber saßen, die sie schreiend und laut lachend empfingen.

»Das sind die Pavillons der Kurtisanen«, sagte Curzio. »In keinem anderen Heer gibt es so schöne.«

Mein Onkel hatte bereits im Reiten den Kopf gewandt, um sie zu betrachten.

»Achtung, Herr«, fügte der Knappe hinzu, »diese Weiber sind so verdreckt und verseucht, daß nicht einmal die Türken sie bei einer Plünderung als Beute haben möchten. Sie haben nicht nur Schaben, Wanzen und Zecken am Leibe, sondern auch die Skorpione und Eidechsen bauen auf ihnen ihre Nester.«

Sie ritten nun an den Feldbatterien entlang. Die Artilleristen kochten abends ihre Rationen aus Wasser und Steckrüben auf den Mauerbrechern und Kanonen, deren Bronze durch das große Bombardement am Tage glühend geworden war.

Wagen trafen ein, die mit Erde beladen waren; diese wurde von den Artilleristen durchgesiebt.

»Das Schießpulver wird bereits knapp«, erläuterte Curzio, »aber der Boden, auf dem sich die Schlachten abspielen, ist derart davon durchsetzt, daß man, wenn man sich Mühe gibt, einige Ladungen zurückerlangen kann.«

Sodann kamen die Ställe der Kavallerie, wo die Veterinäre, von Fliegen umgeben, unermüdlich die Haut der Vierfüßler mit Nähten, Binden und Pflastern aus siedendem Pech zusammenflickten; alle Tiere wieherten und schlugen aus, auch nach den Doktoren.

Dann durchschritten sie das Lager der Infanteristen. Die Sonne ging eben unter, und vor jedem Zelte saßen die Soldaten barfuß und tauchten die Füße in Bütten mit lauwarmem Wasser. Da sie Tag und Nacht an plötzliche Alarme gewöhnt waren, behielten sie auch in der Stunde der Fußwaschung den Helm auf dem Kopf und Schwert und Lanze in der Hand. In größeren Zelten, die wie türkische Lusthäuser drapiert waren, puderten sich die Offiziere die Achselhöhlen und wedelten sich mit Spitzenfächern Kühlung zu.

»Sie tun das nicht, weil sie verweichlicht sind«, bemerkte Curzio, »im Gegenteil: Sie wollen zeigen, daß sie sich trotz der Strapazen des militärischen Lebens hier völlig zu Hause fühlen.«

Der Visconte von Terralba wurde sofort zum Kaiser vorgelassen. In seinem Pavillon, der ganz mit Gobelins und Trophäen ausgeschlagen war, studierte der Herrscher auf Landkarten die Pläne zukünftiger Schlachten. Auf den Tischen häuften sich auseinandergerollte Karten, und der Kaiser steckte Nadeln darauf; diese entnahm er einem Nadelkissen, das einer der Marschälle ihm hinhielt. Die Karten waren bereits mit so vielen Nadeln bedeckt, daß man nichts mehr erkennen konnte, und um etwas von ihnen abzulesen, mußte man die Nadeln entfernen, um sie sodann wieder hinzustecken. Bei diesem Hin und Her hielten der Kaiser und die Marschälle, um die Hände frei zu haben, die Nadeln zwischen den Zähnen und konnten sich daher nur durch Grunzlaute verständigen.

Als der Monarch den jungen Mann erblickte, gab er ein fragendes Grunzen von sich und nahm dann schnell die Nadeln aus dem Munde.

»Ein soeben aus Italien eingetroffener Ritter«, stellte man ihn vor, »der Visconte von Terralba, aus einer der vornehmsten Familien der Genueser Grafschaft.«

»Er soll sofort zum Oberleutnant befördert werden!«

Mein Onkel schlug die Sporen zusammen und nahm Haltung an, während der Kaiser zu einer königlichen Geste ausholte und alle Landkarten sich zusammenrollten und auf den Boden fielen.

In jener Nacht konnte Medardo lange keinen Schlaf finden, obwohl er müde war. Er ging neben seinem Zelte auf und ab und hörte die Rufe der Wachtposten, das Wiehern der Pferde und die gebrochenen Worte, die irgendein Soldat im Schlafe ausstieß. Er blickte zu den Sternen Böhmens auf, dachte an seinen neuen Dienstgrad, an die morgige Schlacht und an das ferne Vaterland: an das Rauschen des Schilfrohrs in seinen Gießbächen. Im Herzen spürte er weder Angst noch Sehnsucht noch Zweifel. Für ihn waren die Dinge noch ganz geblieben und nicht fragwürdig geworden, und so war auch er selber. Hätte er sein schreckliches Los voraussehen können, so wäre es ihm vielleicht ebenso natürlich und vollkommen erschienen, trotz all der Schmerzen, die damit verbunden waren. Er richtete den Blick auf den nächtlichen Horizont, wo er die Lager der Feinde wußte, und drückte mit gekreuzten Armen seine Hände gegen die Schultern, denn er war es zufrieden, daß er über ferne und mannigfaltige Wirklichkeiten und zugleich über seine eigene Gegenwart in deren Mitte Gewißheit hatte. Er spürte, wie das Blut dieses grausamen Krieges, das sich durch tausend Flüsse über die Erde verteilte, auch ihn erreichte, und er ließ sich davon benetzen, ohne Ingrimm oder Mitleid zu empfinden.

## 2

Die Schlacht begann pünktlich um zehn Uhr morgens. Hoch von seinem Sattel überblickte der Oberleutnant Medardo die ausgedehnte Schlachtordnung des zum Angriff aufmarschierten christlichen Heeres und bot sein Gesicht dem böhmischen Winde, der den Geruch von Spreu herantrug, wie von einer staubigen Tenne.

»Nein, dreht Euch nicht um, Herr!« rief Curzio, der im Range eines Sergeanten neben ihm stand. Und um den zwingenden Ton dieser Worte zu rechtfertigen, fügte er leise hinzu: »Es heißt, das bringe Unglück vor dem Kampf.«

In Wahrheit wollte er nicht, daß der Visconte den Mut verlöre, wenn er gewahr würde, daß das christliche Heer fast allein aus jener aufmarschierten Reihe bestand und daß die Verstärkungen kaum einige Züge fußkranker Infanteristen ausmachten.

Doch mein Onkel blickte in die Ferne, auf die Wolke, die sich vom Horizont her näherte, und dachte: »Dort, diese Wolke, das sind die Türken, die echten Türken, und die Tabakspucker an meiner Seite sind die Veteranen der Christenheit, und diese Trompete, die jetzt bläst, ist der Angriff, der erste Angriff meines Lebens, und dieser Donner und diese Erschütterung, der Meteor, der sich in die Erde bohrt und von Veteranen und Pferden träge und gelangweilt betrachtet wird, ist eine Kanonenkugel, die erste feindliche Kugel, die mir begegnet. So möge nicht der Tag kommen, an dem ich sagen muß: ›Und das war die letzte.‹«

Dann galoppierte er mit gezücktem Degen über die Ebene, die Augen auf die kaiserliche Standarte gerichtet, die im Pulverdampf verschwand und wieder auftauchte, während die christlichen Kanonensalven im Himmel über seinem Kopf dröhnten und die feindlichen schon die ersten Breschen in die Front schlugen und Erdtrichter aufwühlten. Er dachte: »Nun bekomm' ich die Türken zu sehen! Die Türken!« Nichts behagt den Menschen so sehr, als wenn sie Feinde haben und erkunden können, ob ihre Feinde wirklich so sind, wie sie sich das ausgemalt haben.

Er sah sie, die Türken. Zwei kamen eben von dort heran. Mit den vermummten Pferden, dem kleinen runden Lederschild, den Röcken mit schwarzen und safranfarbenen Streifen, dem Turban, dem gelblichen Gesicht und dem Schnurrbart, wie ihn einer in Terralba trug, den sie »Miché, der Türke« nannten. Einer der Türken starb, und der andere brachte einen Gegner um. Doch es kamen wer weiß wie viele hinzu, und so entstand ein Kampf mit der blanken Waffe. Wenn man zwei Türken gesehen hatte, so war das, als hätte man alle gesehn. Auch sie waren Soldaten, und alle diese Röcke stammten aus Heeresbeständen. Die Gesichter waren verbrannt und eigensinnig wie Bauerngesichter. Soweit es aufs Sehen ankam, hatte Medardo nunmehr sein Ziel erreicht; er hätte zu uns nach Terralba zurückkehren können und wäre noch für den Durchzug der Wachteln zurechtgekommen. Statt dessen hatte er sich für den Kriegsdienst verpflichtet. So machte er sich denn auf, parierte die Hiebe der Krummsäbel, bis er einen türkischen Fußsoldaten fand und ihn umbrachte. Nun hatte er gesehen, wie man das anstellt, und wollte alsbald einen Türken hoch zu Roß ausfindig machen; das erwies sich als verfehlt. Denn die kleinen waren die gefährlichen. Sie krochen mit ihren Krummsäbeln sogar unter die Pferde und schlitzten sie auf. Medardos Pferd blieb stehen und spreizte die Beine. »Was machst du da?« fragte der Visconte. Curzio kam hinzu und deutete nach unten: »Seht doch nur!« Alle Gedärme lagen schon auf dem Boden. Das arme Tier blickte auf und sah seinen Herrn an; dann senkte es den Kopf, als wollte es die Eingeweide auffressen; doch das war nur eine heroische Geste: es verlor das Bewußtsein und starb. Medardo stand auf seinen Beinen.

»Nehmt mein Pferd, Herr Leutnant«, sagte Curzio, aber ihm gelang nicht, es festzuhalten, denn, von einem türkischen Pfeil getroffen, sank er vom Sattel, und das Pferd suchte das Weite.

»Curzio!« rief der Visconte und beugte sich über den Knappen, der stöhnend am Boden lag.

»Denkt nicht an mich, Herr!« sagte der Knappe. »Hoffentlich gibt es wenigstens noch Branntwein im Lazarett. Jedem Verwundeten steht ein Napf zu.«

Mein Onkel Medardo stürzte sich in das Getümmel. Der Ausgang der Schlacht war noch ungewiß. In solcher Verwirrung schienen die Christen Sieger zu bleiben. Jedenfalls hatten sie die türkischen Linien durchbrochen und wichtige Stellungen umzingelt. Mein Onkel war mit anderen Tapferen bis in die Nähe der feindlichen Batterien vorgestoßen, und die Türken drängten sie zurück, um die Christen unter Beschuß halten zu können. Zwei türkische Artilleristen drehten eine Kanone auf Rädern herum. Da sie Bärte trugen und von Kopf bis Fuß vermummt waren, wirkten sie mit ihren langsamen Bewegungen wie Sterngucker. Mein Onkel sagte: »Jetzt geh ich hin und mache sie fertig.« Begeistert und unerfahren, wie er war, wußte er nicht, daß man sich Kanonen nur von der Seite oder von hinten nähert. Mit gezücktem Degen sprang er auf den Feuerschlund zu und dachte diesen beiden Astronomen Angst einzujagen. Statt dessen feuerten sie ihm einen Kanonenschuß mitten auf die Brust. Medardo di Terralba flog in die Luft.

Am Abend, als Gefechtsruhe eingetreten war, fuhren zwei Wagen über das Schlachtfeld, um die Leiber der Christen aufzusammeln. Der eine war für die Verwundeten, der andere für die Toten bestimmt. Die erste Auswahl fand dort an Ort und Stelle statt. »Den nimmst du, den nehme ich.« Wenn noch Rettung möglich schien, legten sie den Aufgefundenen auf den Verwundetenwagen; wenn nur noch Stücke und Fetzen übrig waren, kamen sie auf den Leichenwagen; was nicht einmal mehr als Leichnam gelten konnte, wurde den Störchen zum Fraß überlassen. Angesichts der steigenden Verluste war in jenen Tagen angeordnet worden, bei der Kennzeichnung der Verwundeten großzügig zu verfahren. So wurden Medardos Überreste als

Verwundeter betrachtet und auf den entsprechenden Wagen gelegt.

Die zweite Auslese erfolgte im Lazarett. Nach dem Kampfe bot das Feldlazarett einen noch grausigeren Anblick als die Schlacht selber. Auf dem Boden stand die lange Reihe der Tragbahren mit den Unglücklichen, und ringsherum wüteten die Chirurgen, die einander Pinzetten, Sägen, Nadeln, Garn und amputierte Glieder aus der Hand rissen. Bei den Toten, einem nach dem anderen, bei jeder Leiche taten sie das Menschenmögliche, um sie wieder zum Leben zu erwecken. Hier wurde genäht, dort gesägt; Löcher wurden tamponiert, die Adern wie Handschuhe umgestülpt und wieder an die richtige Stelle gelegt, mit mehr Fäden als Blut darin, aber geflickt und geschlossen. Die größte Schwierigkeit bereiteten die Eingeweide; waren sie erst einmal abgespult, wußte man nicht mehr, wie man sie wieder hineinstopfen sollte.

Als man das Laken entfernt hatte, kam der Körper des Visconte schrecklich verstümmelt zum Vorschein. Es fehlten ihm nicht nur ein Arm und ein Bein, sondern auch alles, was sich zwischen diesem Bein und diesem Arm von Brust und Unterleib befunden hatte, war durch den Volltreffer jener Kanone fortgerissen worden. Vom Kopfe blieben noch zurück: ein Auge, ein Ohr, eine Backe, die halbe Nase, der halbe Mund, das halbe Kinn und die halbe Stirn; von der anderen Kopfhälfte war nicht einmal ein Klecks übrig. Kurzum: Es war nur die Hälfte, die rechte Seite, gerettet und übrigens völlig erhalten, ohne die kleinste Schramme, abgesehen von jenem riesigen Riß, der sie von der linken Rumpfhälfte getrennt hatte.

Die Ärzte waren äußerst zufrieden. »Oh, welch schöner Fall!« Starb er ihnen nicht unter den Händen, so konnten sie den Versuch machen, ihn zu retten. Und so versammelten sie sich um ihn, während die armen Soldaten mit einem Pfeil im Arm durch Sepsis zugrunde gingen. Sie nähten, kneteten, kleisterten: wer weiß, was sie alles taten. Jedenfalls öffnete mein Onkel am nächsten Morgen das einzige Auge, den halben Mund, blähte das Nasenloch auf und atmete. Die starke Natur der Terralbas hatte standgehalten. Nun war er lebendig und halbiert.

## 3

Als mein Onkel nach Terralba heimkehrte, war ich sieben oder acht Jahre alt. Es war abends und dunkelte schon; es war Oktober; der Himmel war bedeckt. Tagsüber hatten wir Weinlese gehalten, und durch die Reihen der Reben hindurch sahen wir, wie sich auf dem grauen Meere die Segel eines Schiffes näherten, das die kaiserliche Flagge führte. Bei jedem Schiff, das wir damals gewahr wurden, pflegten wir zu sagen: »Da kommt Meister Medardo heim«, nicht weil wir seine Rückkehr ungeduldig erwartet hätten, sondern bloß, um etwas zu haben, worauf man warten konnte. Diesmal hatten wir richtig geraten. Am Abend erhielten wir die Gewißheit, als ein junger Mann namens Fiorfiero beim Keltern ausrief: »Oh, dort unten!«; es war fast dunkel, und wir sahen hinten im Tale einen Fackelzug den Maultierpfad entlang aufflammen; und sodann, als er über die Brücke kam, erkannten wir eine Sänfte, die von mehreren Männern getragen wurde. Nein, es gab keinen Zweifel: Das war der Visconte, der aus dem Kriege heimkam.

Die Nachricht verbreitete sich in den Tälern; im Schloßhof strömten Menschen zusammen: nahe Bekannte, Diener, Winzer, Hirten, Kriegsleute. Nur Medardos Vater fehlte, der alte Visconte Aiolfo, mein Großvater, der schon seit geraumer Zeit nicht einmal in den Hof hinabstieg. Er war der Geschäfte der Welt müde und hatte daher auf die Vorrechte seines Titels zugunsten des einzigen männlichen Erben verzichtet, bevor der in den Krieg gezogen war.

Im Hof unseres Schlosses hatte ich noch nie so viele Menschen gesehen. Die Zeit der Feste und Nachbarkriege, von der ich nur hatte erzählen hören, war vorbei. Und zum ersten Male bemerkte ich, wie Mauern und Türme verfallen waren und der Hof verschmutzt aussah, wo wir die Ziegen das Gras abweiden ließen und den

Schweinetrog zu füllen pflegten. Während der Wartezeit erörterten alle, in welchem Zustand wohl der Visconte Medardo heimkehre; schon eine Weile war bekannt, er sei von den Türken schwer verwundet worden, doch noch wußte niemand Genaues darüber, ob er verstümmelt oder krank oder nur von Narben entstellt sei; und als wir jetzt die Sänfte erblickten, waren wir auf das Schlimmste gefaßt.

Und nun wurde die Sänfte abgesetzt, und inmitten der Finsternis sahen wir eine Pupille aufleuchten. Die hagere alte Amme Balia wollte herantreten, doch erhob sich aus diesem Dunkel eine Hand, die eine Geste entschiedener Ablehnung andeutete. Dann sah man, wie der Körper in der Sänfte krampfhafte und eckige Bewegungen vollführte, und vor unseren Augen sprang Medardo di Terralba auf und stützte sich dabei auf eine Krücke. Ein schwarzer Mantel mit Kapuze bedeckte ihn von Kopf bis Fuß; auf der rechten Seite war das Tuch zurückgeschlagen und ließ die Hälfte des Gesichts und des auf die Krücke gestützten Körpers frei, während zur Linken alles in die Zipfel und Falten dieses weiten Gewandes gehüllt und verborgen zu sein schien.

Eine Weile sah er uns an, die wir im Kreise um ihn herumstanden, ohne daß jemand ein Wort gesagt hatte; aber vielleicht betrachtete er uns auch überhaupt nicht mit diesem starren Auge und wollte uns nur von sich fernhalten. Vom Meere her erhob sich ein Windstoß, und auf dem Wipfel eines Feigenbaumes stieß ein angebrochener Zweig einen Seufzer aus. Der Mantel meines Onkels wellte sich, der Wind blähte ihn auf, straffte ihn wie ein Segel, und es hatte den Anschein, als ginge er durch den Körper hindurch, ja, als sei dieser Körper gar nicht da und als sei der Umhang leer wie bei einem Gespenst. Als wir sodann genauer hinschauten, sahen wir, daß der Stoff gewissermaßen an einer Fahnenstange hing, und diese bestand aus der Schulter, dem Arm, der einen Rumpfhälfte, dem Bein: aus allen Körperteilen, die sich auf die Krücke stützten; mehr war nicht vorhanden.

Die Ziegen beobachteten den Visconte mit ihrem starren und ausdruckslosen Blick – jede in anderer Haltung zwar, wandte sich ihm zu, so daß, da sie zusammengedrängt standen, ihre Rücken ein seltsames Muster aus rechten Winkeln bildeten. Die Schweine, die empfindlicher waren und schneller reagierten, quiekten und ergriffen die Flucht, wobei sie mit ihren Bäuchen aneinanderstießen, und nun konnten auch wir unsere Bestürzung nicht verbergen. »Mein Sohn!« schrie die Amme Sebastiana und hob die Arme, »du Ärmster!«

Mein Onkel, dem es nicht recht war, daß er solch einen Eindruck hervorgerufen hatte, schob die Spitze seiner Krücke auf dem Boden vor und strebte mit einer ruckhaften Bewegung dem Schloßeingang zu. Doch auf den Stufen vor dem Portal hatten sich die Sänftenträger mit gekreuzten Beinen niedergelassen, halbnackte Kerle mit goldenen Ohrringen und kahlgeschorenen Schädeln, auf denen Haarbüschel wuchsen. Diese Burschen erhoben sich, und einer, der einen Zopf trug, offenbar ihr Anführer, sagte: »Wir warten auf unseren Lohn, Señor.«

»Wieviel?« fragte Medardo, und es sah fast aus, als ob er lachte.

Der Bezopfte antwortete: »Ihr wißt ja, was die Beförderung einer Person in einer Sänfte kostet.«

Mein Onkel nestelte sich eine Börse vom Gürtel los und warf den klirrenden Beutel dem Träger vor die Füße. Der wog ihn nur eben in der Hand und rief dann: »Das ist aber viel weniger als die ausbedungene Summe, Señor!«

»Die Hälfte«, erwiderte Medardo, während der Wind die Zipfel seines Mantels hochtrieb. Er ließ den Träger stehen und bewegte sich in kleinen Sprüngen mit seinem einzigen Fuße die Stufen hinauf; dann trat er in das offenstehende Portal, das ins Schloß hineinführte, stieß mit der Krücke die beiden schweren Flügel zurück, so daß sie sich ächzend schlossen, und da noch die Seitentür offengeblieben war, schlug er auch sie zu, worauf er unseren Blicken entschwand. Aus dem Innern hörten wir noch abwechselnd das dumpfe Aufstoßen von Fuß und Krücke; sie bewegten sich in den Fluren auf den Flügel des Schlosses zu, in dem seine Privatgemächer gelegen waren; auch vernahmen wir, wie dort gleichfalls Türen zugeschlagen und verriegelt wurden.

Sein Vater erwartete ihn schweigend hinter dem Eisengitter des Vogelhauses. Medardo hatte nicht einmal hineingeschaut, um ihn zu begrüßen; allein hatte er sich in seine Zimmer eingeschlossen, und nicht einmal der Amme Sebastiana, die lange Zeit damit zubrachte, anzuklopfen und ihn zu bemitleiden, wollte er sich zeigen oder antworten.

Die alte Sebastiana war eine hochgewachsene Frau, die in schwarzen Kleidern und verschleiert ging; ihr rötliches Gesicht war ohne Runzeln, von der Falte abgesehen, die fast ihre Augen verdeckte; allen Kindern der Familie Terralba hatte sie ihre Milch gespendet, mit allen Älteren war sie ins Bett gegangen, und allen Verstorbenen hatte sie die Augen geschlossen. Nun wanderte sie in den Loggien zwischen den beiden Eingeschlossenen hin und her und wußte nicht, wie sie ihnen zu Hilfe kommen sollte.

Am folgenden Morgen fuhren wir fort mit der Weinlese, da Medardo immer noch kein Lebenszeichen gab, aber alle Fröhlichkeit war verflogen, und auf den Weinbergen sprach man von nichts anderem als von seinem Schicksal, nicht, weil es uns besonders am Herzen gelegen hätte, sondern weil das Thema anziehend und undurchsichtig war. Nur die Amme Sebastiana blieb im Schloß und lauerte angespannt auf jedes Geräusch.

Doch der alte Aiolfo, als hätte er vorausgesehen, daß der Sohn so schwermütig und menschenscheu heimkehren würde, hatte schon seit geraumer Zeit einen seiner Lieblingsvögel, eine Möwe, so abgerichtet, daß sie zu dem Trakt des Schlosses flog, in dem sich die damals leerstehenden Gemächer Medardos befanden, und ins

Fensterchen seines Zimmers hineinschlüpfte. An jenem Morgen öffnete der Alte das Türchen für die Möwe und verfolgte ihren Flug bis zum Fenster des Sohnes; dann streute er weiter Futter für die Elstern und Meisen und ahmte ihr Piepen nach.

Bald danach hörte er einen dumpfen Anprall gegen den Fensterrahmen. Er beugte sich hinaus und sah seine Möwe tot auf dem Fensterbrett liegen. Er nahm sie in seine hohle Hand und stellte fest, daß ein Flügel gebrochen war, als wenn man versucht hätte, ihn abzutrennen, auch war ein Beinchen abgerissen, wie durch den Druck zweier Finger, und ein Auge war ausgestochen. Der alte Mann preßte den Vogel gegen die Brust und begann zu weinen.

Am gleichen Tage legte er sich ins Bett, und die Diener, die ihn durch das Eisengitter der Voliere betrachteten, sahen, daß es sehr schlecht um ihn stand. Doch niemand konnte sich ihm nähern, um ihn zu pflegen, denn er hatte sich eingeschlossen und die Schlüssel versteckt. Rings um sein Bett schwirrten die Vögel. Sie flatterten alle umher, seit er sich hingelegt hatte, und wollten sich nicht niedersetzen und nicht mit dem Flügelschlagen aufhören.

Als die Amme am nächsten Morgen ihr Gesicht an das Gitter preßte, sah sie, daß der Visconte Aiolfo gestorben war. Die Vögel saßen alle auf seinem Bett wie auf einem Baumstamm, der mitten im Meere schwamm.

## 4

Nach dem Tode seines Vaters begann Medardo sich außerhalb des Schlosses zu zeigen. Wiederum bemerkte das die Amme Sebastiana als erste, denn eines Morgens fand sie die Türen offenstehen und die Zimmer verlassen. Eine Schar Knechte wurde ausgesandt, damit sie die Felder durchstreifte und den Spuren des Visconte folgte. Die Knechte brachen auf und kamen an einem Birnbaum vorbei, den sie am Abend zuvor voll später, noch saurer Früchte gesehen hatten.

»Seht dort oben!« sagte einer der Knechte. Da gewahrten sie die Birnen, die sich von dem dämmernden Himmel abhoben, und erschraken bei dem Anblick. Denn die Früchte waren nicht ganz; man sah lauter längsseits durchgeschnittene Birnenhälften, die noch alle an ihren Stielen hingen. Von jeder Birne blieb nur die rechte Hälfte (oder die linke, je nach dem Standort des Beschauers, aber bei allen war es die gleiche Seite), und die andere Hälfte war verschwunden, abgeschnitten oder vielleicht abgebissen.

»Hier ist der Visconte vorbeigekommen«, sagten die Knechte. Gewiß hatte er nach dem vieltägigen Fasten in seiner Klausur des Nachts Hunger bekommen und war den erstbesten Baum hinaufgeklettert, um Birnen zu essen.

Als die Knechte weitergingen, trafen sie auf einem Stein einen halben Frosch an, der vermöge seiner Froschnatur noch lebendig umhersprang. »Wir sind auf der richtigen Fährte«, sagten sie und setzten ihren Weg fort. Sie verirrten sich, weil sie eine halbe Melone zwischen Blättern übersehen hatten, und mußten zurückgehen, bis sie sie gefunden hatten.

So verließen sie die Felder und kamen in den Wald; dort sahen sie einen halbierten Pilz, einen Steinpilz, dann einen andern, einen roten giftigen Satanspilz, und wie sie immer weiter durch den Wald gingen, stießen sie von Zeit zu Zeit auf solche Pilze, die mit einem halben Stiel aus dem Boden ragten und nur einen halben Schirm öffneten. Es sah aus, als wenn sie durch einen glatten Schnitt gespalten wären, und von der anderen Hälfte war nicht einmal eine Spore mehr übrig. Es gab Pilze jeder Sorte, Boviste, Pfifferlinge, Schwämme; und die giftigen waren etwa ebenso zahlreich vertreten wie die eßbaren.

Als die Knechte dieser sich immer wieder verlierenden Spur folgten, gelangten sie zu der sogenannten »Nonnenwiese«, in deren Mitte sich ein Weiher befand. Der Morgen graute, und am Rande des Weihers spiegelte sich Medardos spärliche, in den schwarzen Mantel gehüllte Gestalt im Wasser, auf dem weiße oder gelbe oder erdfarbene Pilze schwammen. Es waren das die Hälften der Pilze, die er mitgenommen hatte und die jetzt auf der durchsichtigen Fläche verstreut waren. Im Wasser wirkten sie ungespalten, und der Visconte betrachtete sie. Die Knechte versteckten sich am anderen Ufer des

Weihers und getrauten sich nicht, ein Wort zu sagen; sie starrten gleichfalls auf die schwimmenden Pilze, bis sie gewahr wurden, daß alle eßbar waren. Und die giftigen? Wenn er sie nicht in den Teich geworfen hatte – was war dann mit ihnen geschehen? Die Knechte rannten wieder durch den Wald. Sie mußten nicht lange suchen, da sie auf dem Pfade einem kleinen Jungen mit einem Korbe begegneten: darin befanden sich all diese giftigen Pilze.

Der kleine Junge war ich. Nachts pflegte ich allein auf der Nonnenwiese zu spielen und suchte mir selber Angst einzujagen, indem ich ganz plötzlich zwischen den Bäumen hervorbrach; dabei traf ich auf meinen Onkel, der mit seinem einen Fuß über die Wiese hüpfte und ein Körbchen am Arm hängen hatte.

»Grüß dich, Onkel!« schrie ich. Es war das erste Mal, daß mir dieser Ausruf glückte.

Ihm schien mein Anblick ungelegen zu kommen. »Ich sammle Pilze«, erklärte er mir.

»Und hast du welche gefunden?«

»Schau her«, sagte mein Onkel, und dann setzten wir uns ans Ufer des Weihers. Er machte sich daran, die Pilze zu sortieren; einige warf er ins Wasser, andere ließ er im Körbchen.

»Nimm«, sagte er und gab mir das Körbchen mit den von ihm ausgewählten Pilzen. »Brate sie dir!«

Ich hätte ihn gern gefragt, weshalb sich nur die Hälfte eines jeden Pilzes in seinem Korbe befand, doch sah ich ein, daß diese Frage nicht sehr rücksichtsvoll gewesen wäre, und so lief ich fort, nachdem ich mich bedankt hatte. Ich war auf dem Heimweg und wollte sie mir braten lassen, als ich dem Trupp der Diener begegnete, und von ihnen erfuhr ich, daß die Pilze giftig waren.

Als man der Amme Sebastiana die Geschichte erzählte, sagte sie: »Von Medardo ist die schlechte Hälfte heimgekommen. Wer weiß, wie der Prozeß heute ausgehen wird!«

An jenem Tage sollte ein Prozeß gegen eine Räuberbande stattfinden, welche die Häscher des Schlosses tags zuvor festgenommen hatten. Die Briganten waren in unserem Gebiete ansässig, und daher war es Sache des Visconte, sie zu richten. Das Gericht trat zusammen, und Medardo saß ganz schief auf seinem Sessel und knabberte an einem Fingernagel. Es erschienen die Briganten in Ketten. Bandenführer war jener junge Mann namens Fiorfiero, der als erster beim Keltern die Sänfte gesichtet hatte. Es erschienen die Geschädigten, eine Gesellschaft toskanischer Edelleute, die auf dem Wege in die Provence unsere Wälder durchzogen hatten, als sie von Fiorfiero und seiner Bande überfallen und beraubt worden waren. Fiorfiero führte zu seiner Verteidigung an, jene Edelleute seien in unser Land gekommen, um zu wildern, und er habe sie aufgehalten und entwaffnet, eben weil er der Meinung gewesen sei, es handle sich um Wilderer, und auch weil die Häscher nichts unternommen hätten. Man muß wissen, daß derartige Überfälle in jenen Jahren recht häufig vorkamen, weil das Gesetz sie nur milde ahndete: Überdies war unsere Gegend für Räubereien besonders geeignet, so daß sich auch einige Mitglieder unserer Familie, vor allem in unruhigen Zeiten, den Banden anschlossen. Vom Wildern rede ich gar nicht; es war das leichteste Vergehen, das man sich vorstellen konnte.

Doch die Befürchtungen der Amme Sebastiana waren begründet. Medardo verurteilte Fiorfiero und seine ganze Bande wegen Raubes zum Tode durch den Strang. Da aber auch die Beraubten des Wilderns schuldig waren, verurteilte er sie gleichfalls zum Tode am Galgen. Und um die Häscher zu bestrafen, die zu spät eingegriffen hatten, ohne die Missetaten der Wilderer und der Briganten zu verhindern, ordnete er an, daß auch sie gehängt werden sollten.

Im ganzen waren das etwa zwanzig Personen. Dieser grausame Urteilsspruch rief bei uns allen Bestürzung und Schmerz hervor, nicht so sehr wegen der toskanischen Edelleute, die niemand zuvor gesehen hatte, als wegen der Briganten und der Häscher, die allgemein beliebt waren. Meister Pietrochiodo, Sattler und Stellmacher, erhielt den Auftrag, den Galgen zu errichten; er war ein gewissenhafter und intelligenter Arbeiter, der sich einem jeden Werke mit Eifer widmete. Mit großem Schmerze, da zwei der Verurteilten seine Verwandten waren, baute er einen Galgen, der wie ein Baum verzweigt war und dessen Stricke alle zusammen bei Betätigung einer einzigen Winde in die Höhe schnellten; es war das eine so große und kunstvolle Maschine, daß man damit gleichzeitig auch mehr Personen als jene Verurteilten erhängen konnte. Der Visconte nutzte denn auch die Gelegenheit, um noch zehn Katzen aufzuknüpfen, die jeweils mit zwei Delinquenten abwechselten. Die steifen Leichname und die Katzenkadaver baumelten drei Tage, und zunächst getraute sich niemand, sie anzuschauen. Doch bald wurde man gewahr, welch einen imponierenden Anblick sie boten, und auch unser Urteil löste sich in widersprechende Empfindungen auf, so daß man sich schließlich nur ungern entschloß, sie abzunehmen und die große Maschine zu zerstören.

## 5

Das waren glückliche Zeiten für mich, als ich ständig mit Doktor Trelawney die Wälder durchstreifte und nach den Fossilien von Seetieren suchte. Der Doktor Trelawney war Engländer: Nach einem Schiffbruch hatte er, auf einem Bordeauxfaß reitend, unsere Küste erreicht. Sein ganzes Leben lang war er Schiffsarzt gewesen und hatte lange und gefährliche Reisen gemacht, unter anderem mit dem berühmten Kapitän Cook, aber er hatte nie etwas von der Welt gesehen, da er immer unter Deck war, um Tresett zu spielen. Als er nach dem Schiffbruch zu uns kam, hatte er sofort an dem »Cancarone« genannten Wein Gefallen gefunden, dem herbsten und zähflüssigsten unserer Gegend, und er konnte nun ohne ihn nicht mehr auskommen, so daß er stets eine volle Feldflasche umgehängt trug. Er war in Terralba geblieben und unser Arzt geworden, kümmerte sich aber nicht um die Kranken, sondern nur um seine wissenschaftlichen Entdeckungen, derentwegen er – und ich mit ihm – in Feldern und Wäldern Tag und Nacht unterwegs war. Zuerst handelte es sich um eine Erkrankung der Grillen, eine unmerkliche Krankheit, an der nur eine Grille unter tausend litt, ohne irgendeinen Schaden davonzutragen; und der Doktor Trelawney wollte sie alle auffinden und eine geeignete Kur entwickeln. Dann ging es um Zeichen aus jener Zeit, als unsere Gegend noch von Meer bedeckt war; und nun beluden wir uns auf unseren Gängen mit Kieselsteinen, von denen der Doktor sagte, sie seien früher einmal Fische gewesen. Seine letzte große Leidenschaft waren schließlich die Irrlichter. Er wollte die Methode herausfinden, wie man sie fangen und aufbewahren konnte, und zu diesem Zweck verbrachten wir die Nächte damit, in unserem Friedhof herumzustreifen; dort warteten wir darauf, daß zwischen den Gräbern solch ein unbestimmter Lichtschein aus Erde und Gras hervorbrach; dann suchten wir ihn an uns heranzulokken, zu erreichen, daß er hinter uns herlief, und bemühten uns, ihn, ohne daß er erlosch, in Behältnissen einzufangen, die wir nach und nach ausprobierten: in Säcken, Weinflaschen, bauchigen Korbflaschen, deren Umhüllung wir entfernt hatten, Wärmetöpfen, Fleischbrühtrichtern. Der Doktor Trelawney war in eine nahe dem Friedhof gelegene Hütte gezogen, die früher einmal dem Totengräber als Unterkunft gedient hatte. Das war in den Zeiten gewesen, als Hungersnöte, Kriege und Epidemien es angebracht erscheinen ließen, daß ein Mann ausschließlich diesen Beruf ausübte. Dort hatte der Doktor sein Laboratorium eingerichtet, mit Fläschchen in jeder Form, um die Irrlichter aufzubewahren, und kleinen Netzen, wie man sie beim Fischen verwendet, um sie einzufangen; er besaß auch Destillierkolben und Schmelztiegel, in denen er untersuchte, wie diese blassen Flämmchen im Erdreich der Friedhöfe und aus den Ausdünstungen der Leichen entstanden. Doch es lag ihm nicht, sich lange in solche Studien zu vertiefen: Er hörte schnell damit auf, begab sich ins Freie, und dann machten wir uns gemeinsam auf die Jagd nach neuen Naturphänomenen.

Ich war frei wie die Luft, denn ich hatte keine Eltern mehr und zählte weder zur Kategorie der Bediensteten noch zum Herrenstande. Nur infolge einer nachträglichen Anerkennung gehörte ich zur Sippe der Terralba, aber ich führte nicht ihren Namen und niemand brauchte sich um meine Erziehung zu kümmern. Meine arme Mutter war eine Tochter des Visconte Aiolfo und die ältere Schwester Medardos gewesen, aber sie hatte die Familienehre befleckt, da sie mit einem Wilderer geflohen war, der dann mein Vater wurde. Ich kam in der Hütte des Wilderers zur Welt, im Ried am Waldrande; bald danach wurde mein Vater in einer Schlägerei umgebracht, und meiner Mutter, die allein in jener elenden Hütte zurückgeblieben war, gab die Pellagra den Rest. Darauf wurde ich ins Schloß aufgenommen, da sich mein Großvater Aiolfo meiner erbarmte, und ich wuchs dort unter der Obhut der hageren Amme Sebastiana auf. Ich entsinne mich, daß mich Medardo, als er noch ein Junge war und ich einige Jahre zählte, mitunter an seinen Spielen teilnehmen ließ, als wären wir von gleichem Stande; sobald wir dann größer wurden, nahm auch der Abstand zwischen uns zu, und so wurde ich weiter wie ein Knecht behandelt. Jetzt fand ich in Doktor Trelawney einen Kameraden, wie ich ihn nie gehabt hatte.

Der Doktor war sechzig Jahre alt, aber von Statur so groß wie ich; unter Dreispitz und Perücke hatte er ein so runzeliges Gesicht wie eine trockene Kastanie; die Beine, die bis zur Mitte des Schenkels in Ledergamaschen gezwängt waren, wirkten noch größer und unproportionierter als Grillenbeine, auch weil er so lange Schritte machte; er trug einen taubenfarbenen Frack mit rotem Besatz und hatte die Feldflasche mit dem Wein »Cancarone« umgehängt. Seine Leidenschaft für die Irrlichter veranlaßte uns zu langen Nachtmärschen, die zu den Friedhöfen der benachbarten Dörfer führten; denn dort konnte man zuweilen Flämmchen sehen, die die Irrlichter auf unserem verlassenen Friedhof an Größe und Leuchtkraft übertrafen. Doch wehe, wenn diese unsere Streifzüge von den Landleuten entdeckt wurden. Einmal hielt man uns für Kirchenräuber, worauf uns ein Trupp, der mit Dreizack und Mistgabeln bewaffnet war, über mehrere Meilen verfolgte.

Wir befanden uns in einem abschüssigen Gelände, das von Sturzbächen durchzogen war; ich und der Doktor Trelawney setzten mit großen Sprüngen über die Felsblöcke, als wir hörten, wie die wildgewordenen Bauern uns immer näher kamen. An einer Stelle, die unter dem Namen *Salto della Chigna* bekannt ist, überspannte ein Brücklein aus Baumstämmen einen überaus tiefen Abgrund. Ich und der Doktor überquerten nicht diese Brücke, sondern versteckten uns in letzter Minute auf einer Felsstufe hart am Rande des Abgrunds, als uns schon die Bauern dicht auf den Fersen waren. Sie sahen uns nicht, schrien: »Wo sind sie denn hin, diese Hundsfötter?« und rannten schnurstracks über die Brücke. Dann krachte es, und heulend wurden sie Hals über Kopf vom Sturzbach verschlungen, der dort in der Tiefe dahinbrauste.

Der Schrecken, der mir und Trelawney in die Glieder gefahren war, verwandelte sich in Erleichterung, daß wir dieser Gefahr entronnen waren, und dann abermals in Entsetzen über das schreckliche Ende, das unsere Verfolger gefunden hatten. Wir getrauten uns kaum, den

Kopf vorzustrecken und in die Finsternis hinabzustarren, in der die Landleute verschwunden waren. Als wir dann nach oben schauten, erblickten wir die Reste des Brückleins: Die Baumstämme waren noch recht solide und nur zur Hälfte abgebrochen, als hätte man sie angesägt; auf andere Weise konnten wir uns auch nicht erklären, wie dieses dicke Holz einen so glatten Bruch erleiden konnte.

»Mir ist klar, wer da seine Hand im Spiel hat«, sagte der Doktor Trelawney, und auch ich war bereits im Bilde.

Wahrhaftig hörte man schnellen Hufschlag, und dann erschienen ein Pferd und die Hälfte eines in einen schwarzen Mantel gehüllten Reiters am Rande der Schlucht. Es war der Visconte Medardo, und mit seinem eisigen Dreieckslächeln betrachtete er den tragischen Erfolg des Schelmenstreichs, ein Ergebnis, das vielleicht ihm selber unerwartet gekommen war. Gewiß hatte er es auf uns beide abgesehen; statt dessen fügte es sich, daß er uns das Leben rettete. Zitternd sahen wir, wie er das Weite suchte auf seinem mageren Klepper, der über die Felsen sprang, als wäre eine Ziege seine Mutter gewesen.

Damals war mein Onkel stets zu Pferde unterwegs; vom Sattler Pietrochiodo hatte er sich einen Spezialsattel anfertigen lassen, an dessen einem Steigbügel er sich mit Riemen festschnallen konnte, während am anderen ein Gegengewicht angebracht war. Neben dem Sattel waren ein Degen und eine Krücke befestigt. Und so ritt der Visconte einher, mit einem breitkrempigen Federhut, der zur Hälfte unter einem Flügel des ständig umherflatternden Mantels verschwand. Wo man den Hufschlag seines Pferdes hörte, stoben alle noch schneller davon, als wenn Galateo, der Aussätzige, vorüberkam; auch Kinder und Tiere brachte man in Sicherheit und bangte um die Pflanzen, denn die Bosheit des Visconte verschonte niemanden und konnte sich jeden Augenblick in völlig unvorhersehbaren und unverständlichen Handlungen entladen.

Er war nie krank gewesen und hatte daher nie eine Behandlung durch Doktor Trelawney nötig gehabt; aber ich weiß nicht, wie sich der Doktor in solch einem Fall aus der Verlegenheit gezogen hätte; tat er doch alles, um meinem Onkel aus dem Wege zu gehen und ihn nicht einmal erwähnen zu hören. Sprach man ihm vom Visconte und von seinen Grausamkeiten, schüttelte der Doktor Trelawney den Kopf, verzog den Mund und murmelte: »Oh, oh, oh! . . . Sst, sst, sst!«, wie er es zu tun pflegte, wenn man ihm etwas Unangebrachtes, Ungebührliches sagte. Und um das Thema zu wechseln, begann er dann von den Reisen des Kapitäns Cook zu erzählen. Einmal versuchte ich, ihn zu fragen, wie denn seiner Meinung nach mein Onkel derart verstümmelt leben könnte, aber der Engländer wußte mir darauf nichts anderes zu sagen als jenes »Oh, oh, oh! . . . Sst, sst, sst!« Unter medizinischen Gesichtspunkten schien dieser Fall den Doktor in keiner Weise zu interessieren; aber mir kam der Gedanke, daß er vielleicht nur auf Befehl der Familie oder aus Konvention Arzt geworden war und daß ihn diese Wissenschaft völlig gleichgültig ließ. Möglicherweise hatte er auch seine Karriere als Schiffsarzt nur seinen Fähigkeiten im Tresett zu verdanken, weswegen sich die berühmtesten Seefahrer, vor allem Kapitän Cook, darum bemüht hatten, ihn als Spielpartner zu haben.

Eines Nachts fischte Doktor Trelawney mit dem Netz nach Irrlichtern in unserem alten Friedhof, als er auf einmal di Terralba vor sich sah, der sein Pferd an den Gräbern weiden ließ. Der Doktor war sehr verwirrt und eingeschüchtert, aber der Visconte trat an ihn heran und fragte mit der äußerst mangelhaften Aussprache seines halbierten Mundes:

»Sucht Ihr Nachtschmetterlinge, Doktor?«

»Oh, Mylord«, antwortete der Doktor mit dünner Stimme, »oh, oh, nicht eigentlich Schmetterlinge, Mylord . . . Irrlichter, wißt Ihr? Irrlichter . . .«

»Ja, die Irrlichter. Oft habe auch ich mich gefragt, wodurch sie eigentlich entstehen.«

»Schon seit geraumer Zeit ist das in aller Bescheidenheit das Ziel meiner Studien, Mylord . . .«, sagte Trelawney, den dieser wohlwollende Ton etwas beherzter gemacht hatte.

Medardo verzog die ihm verbliebene winklige Gesichtshälfte, deren Haut glatt war wie ein Totenschädel, zu einem Lächeln. »Als Gelehrter verdient Ihr jede Unterstützung«, sagte er ihm. »Nur schade, daß dieser Friedhof in seinem verlassenen Zustande für Irrlichter kein günstiger Boden ist. Doch ich verspreche Euch, daß ich schon morgen mein Bestes tun werde, um Euch zu helfen.«

Der morgige Tag war der Gerichtstag, und der Visconte verurteilte an ihm etwa zehn Bauern zum Tode, weil sie, seinen Berechnungen zufolge, nicht den ganzen Teil der Ernte, den sie schuldig waren, an das Schloß abgeführt hatten. Die Toten wurden auf dem Grund begraben, der für Massengräber vorgesehen war, und so brachte der Friedhof allmählich zahlreiche Irrlichter hervor. Der Doktor Trelawney war ganz entsetzt über diese Hilfeleistung, wenn er sie auch als sehr nützlich für seine Studien erachtete.

In diesen tragischen Zeitläufen hatte Meister Pietrochiodo seine Kunst des Galgenbaus sehr vervollkommnet. Jetzt waren es wahre Meisterwerke der Tischlerei und Mechanik, und das galt nicht nur von den Galgen, sondern auch von den Marterböcken, den Hebewinden und anderen Folterinstrumenten, mit denen der Visconte Medardo den Angeklagten ihre Geständnisse abpreßte. Ich war oft in Pietrochiodos Werkstatt, weil es recht schön war, ihn mit so viel Geschick und Leidenschaft arbeiten zu sehen. Doch ein Kummer nagte stets am Herzen des Sattlers. Was er da baute, waren Galgen für Unschuldige. »Wie kann ich es nur anstellen«, dachte er bei sich, »um den Auftrag zu erhalten, etwas zu bauen, das genauso kunstvoll zusammengesetzt ist, aber einem anderen Zwecke dient? Und wie sollen die Maschinen aussehen, die ich am liebsten bauen würde?« Doch da er auf diese Fragen keine Antwort wußte, suchte er sie sich aus dem Sinne zu schlagen und blieb darauf versessen, die schönsten und ausgeklügeltsten Apparate anzufertigen.

»Du mußt den Zweck vergessen, für den sie bestimmt sind«, sagte er auch zu mir. »Betrachte sie bloß als etwas Mechanisches. Siehst du, wie schön sie sind?«

Ich betrachtete diese Aufbauten von Balken, das Auf und Ab der Stricke, die Verknüpfungen von Winden und Flaschenzügen und bemühte mich, die gequälten Leiber darüber zu vergessen, aber je mehr ich mich anstrengte, um so öfter mußte ich an sie denken; so sagte ich zu Pietrochiodo: »Wie soll ich das anfangen?«

»Und wie soll ich es denn anfangen, mein Junge?« antwortete er. »Was soll ich denn erst anfangen?«

Doch trotz allen Kummers, aller Ängste hatten diese Zeiten auch ihre frohen Seiten. Die schönste Stunde kam heran, wenn die Sonne hoch am Himmel stand, das Meer golden dalag, die Hühner gackerten, nachdem sie ihr Ei gelegt hatten, und auf den Fußwegen das Horn des Aussätzigen zu hören war. Der Aussätzige kam jeden Morgen vorüber, um für seine Unglücksgefährten zu sammeln. Er hieß Galateo und hatte ein Jagdhorn um den Hals hängen, dessen Schall schon von weitem sein

Kommen ankündigte. Die Frauen hörten das Horn und legten Eier oder Gurken oder Tomaten und zuweilen auch ein kleines gehäutetes Kaninchen vorn auf das Mäuerchen; dann entschlüpften sie, um sich zu verstekken, und trugen die Kinder fort, denn niemand darf auf der Straße bleiben, wenn der Aussätzige vorüberkommt. Der Aussatz ist auch aus der Entfernung ansteckend, und schon der Anblick des Kranken ist gefährlich. Galateo, dem die Klänge seines Horns voranzogen, kam sachte, sachte die verlassenen Wege hinunter, mit dem langen Stecken in der Hand und dem ganz zerfetzten Gewand, das auf der Erde schleifte. Er hatte lange stoppelige gelbe Haare und ein rundes weißes Gesicht, das schon etwas vom Aussatz zerfressen war. Er sammelte die Geschenke ein, steckte sie in seinen Tragekorb und rief mit seiner honigsüßen Stimme Dankesworte zu den Häusern der versteckten Bauern hinauf, wobei er immer eine boshafte oder spaßige Anspielung einfließen ließ.

In jenen Zeiten war der Aussatz in den ans Meer grenzenden Landstrichen ein verbreitetes Übel, und in unserer Nachbarschaft gab es ein Dörfchen, Pratofungo, das nur von Aussätzigen bewohnt war; diese hatten wir mit Gaben zu versorgen, welche eben jener Galateo einsammelte. Wenn jemanden an der Küste oder auf dem Lande der Aussatz befiel, verließ er Eltern und Freunde; dann begab er sich nach Pratofungo, um dort den Rest seines Lebens zu verbringen und darauf zu warten, bis er von der Krankheit zerfressen wurde. Es war die Rede von großen Festen, die jeden Neuankömmling empfingen. Von weitem hörte man bis in die Nacht hinein Klänge und Gesänge von den Häusern der Aussätzigen aufsteigen.

Viele Dinge erzählte man sich von Pratofungo, obwohl keiner der Gesunden jemals dort gewesen war; aber alle Gerüchte stimmten darin überein, daß das Leben dort in ständiger Ausgelassenheit verlief. Bevor das Dorf zu einem Asyl der Aussätzigen wurde, war es eine Brutstätte der Prostituierten gewesen, wo Seeleute jeder Rasse und Religion zusammenkamen, und es sah so aus, als hätten die Frauen noch ihre liederlichen Sitten aus jenen Zeiten beibehalten. Die Aussätzigen bebauten nicht den Boden, außer einem Weinberge mit Erdbeertrauben, dessen Treberwein sie das ganze Jahr über in einen Zustand leichter Trunkenheit versetzte. Ihre Hauptbeschäftigung war das Musizieren auf seltsamen, von ihnen erfundenen Instrumenten: Harfen, in denen Glöckchen an die einzelnen Saiten gehängt waren; auch sangen sie im Falsett und bepinselten die Eier mit allen möglichen Farben, als wäre immer Ostern. So schwelgten sie in den süßesten Melodien, umkränzten ihre entstellten Gesichter mit Jasmingirlanden und vergaßen dadurch die menschliche Gemeinschaft, von der sie die Krankheit getrennt hatte.

Kein einheimischer Arzt hatte sich jemals der Aussätzigen annehmen wollen, aber als sich Trelawney bei uns niederließ, hegten manche die Hoffnung, er werde vielleicht seine Wissenschaft dazu verwenden, um unsere Gegend von dieser Plage zu befreien. Auch ich teilte diese Hoffnungen auf meine kindliche Art. Seit geraumer Zeit schon hatte ich den großen Wunsch, bis nach Pratofungo vorzudringen, um an den Festen der Aussätzigen teilzunehmen, und hätte sich der Doktor darauf verlegt, seine Arzneien an jenen Unglücklichen zu erproben, so hätte er mir vielleicht auch zuweilen erlaubt, ihn bei einem Besuche ins Dorfinnere zu begleiten. Doch nichts dergleichen geschah. Kaum hörte der Doktor das Horn Galateos, als er auch schon im Laufschritt das Weite suchte, und niemand schien sich mehr als er vor Ansteckung zu fürchten. Manchmal versuchte ich ihn über die Natur dieser Krankheit zu befragen, aber dann gab er nur ausweichende und verlegene Antworten, als wenn das Wort »Aussatz« schon genügt hätte, um ihm Mißbehagen zu bereiten.

Ich weiß eigentlich nicht, weshalb wir so hartnäckig darauf bestanden, ihn als Arzt anzusehen. Den Naturerscheinungen, den Tieren (vor allem den kleinsten), den Steinen schenkte er die größte Aufmerksamkeit, doch menschliche Wesen und ihre Krankheiten flößten ihm Widerwillen und Ekel ein. Vor Blut empfand er Abscheu, die Kranken berührte er nur mit der Fingerspitze, und wenn er schwere Fälle vor sich hatte, hielt er sich ein seidenes, in Essig getauchtes Taschentuch vor die Nase. Er war schamhaft wie ein junges Mädchen, errötete beim Anblick eines nackten Körpers, wenn es sich vollends um eine Frau handelte, blickte er zu Boden und kam ins Stottern; auf seinen weiten Reisen über die Ozeane schien er nie weibliche Bekanntschaften gemacht zu haben. Zum Glück waren damals bei uns die Geburten Sache der Hebammen und nicht der Ärzte, sonst weiß ich nicht, wie er sich aus der Affäre gezogen hätte.

Mein Onkel kam auf den Gedanken, Brände zu legen. Nachts stand plötzlich ein Heuboden armer Bauern in Flammen oder ein Baum aus gutem Brennholz oder gar ein ganzer Wald. Dann waren wir bis zum Morgen auf den Beinen, und die Wassereimer gingen von Hand zu Hand, um die Flammen zu löschen. Die Opfer waren arme Teufel, die mit dem Visconte einen Wortwechsel gehabt hatten, wegen einer seiner Anordnungen, die immer strenger und ungerechter wurden, oder wegen der Abgaben, die er verdoppelt hatte. Es trieb ihn, nicht nur ihren Besitz, sondern auch ihre Wohnhäuser in Flammen aufgehen zu lassen. Offenbar schlich er sich des Nachts heran, warf brennende Lunten auf die Dächer und suchte dann zu Pferde das Weite; doch gelang es nie, ihn bei frischer Tat zu ertappen. Einmal kamen zwei alte Männer ums Leben; ein anderes Mal wurde einem Jungen nahezu die Haut vom Schädel abgezogen. Der Haß der Bauern gegen den Visconte nahm zu. Seine erbittertsten Feinde waren jene Hugenottenfamilien, die in den Weilern des Col Gerbido hausten; dort hatten die Männer während der ganzen Nacht einen Wachtdienst eingerichtet, um die Brandstiftungen zu verhüten.

Ohne irgendeinen ersichtlichen Grund suchte er eines Nachts sogar die Häuser in Pratofungo heim, die Strohdächer hatten, und warf brennendes Pech darauf. Die Aussätzigen haben die Eigenheit, daß sie keinen Schmerz empfinden, wenn sie versengt werden, und hätten die Flammen sie im Schlaf überrascht, wären sie gewiß nicht mehr aufgewacht. Doch als der Visconte fortgaloppierte, hörte er, wie die Weise einer Geige im Dorfe aufklang. Die Einwohner von Pratofungo waren noch munter, da sie von ihren Spielen in Anspruch genommen waren. Sie alle erlitten Brandwunden, aber empfanden keinen Schmerz und hatten sogar ihren Spaß daran, wie das ihrem Geisteszustande entsprach. Die Feuersbrunst löschten sie schnell; auch ihre Häuser nahmen durch die Flammen nur wenig Schaden, vielleicht weil auch sie durch den Aussatz infiziert waren.

Medardos Bosheit verschonte nicht einmal seinen eigenen Besitz, das Schloß. Das Feuer brach in dem Flügel aus, in dem die Dienerschaft wohnte, und loderte auf, während die von den Flammen Eingeschlossenen laute Schreie ausstießen; den Visconte sah man derweil über die Felder fortreiten. Es war das ein Anschlag auf das Leben seiner Amme und Pflegemutter Sebastiana. Frauen sind oft darauf versessen, ihre Autorität über Erwachsene zu behaupten, die sie schon von Kindesbeinen an gekannt haben, und so pflegte Sebastiana dem Visconte jede neue Missetat vorzuhalten, obwohl alle mittlerweile davon überzeugt waren, daß ihm eine unheilbare, krankhafte Grausamkeit angeboren war. Die Amme wurde übel zugerichtet aus den verkohlten Mauern hervorgezogen und mußte viele Tage das Bett hüten, um ihre Brandwunden ausheilen zu lassen.

Eines Abends öffnete sich die Tür des Zimmers, in dem sie lag, und der Visconte trat an ihr Bett.

»Was sind denn das für Flecken auf Eurem Gesicht, Amme?« sagte Medardo und deutete auf die Verbrennungen.

»Eine Spur deiner Sünden, mein Sohn«, antwortete die Alte ruhig.

»Eure Haut ist gesprenkelt und zerschunden, was habt Ihr für ein Übel, Amme?«

»Ein Übel, das nichts ist im Vergleich mit dem, was dich in der Hölle erwartet, wenn du nicht in dich gehst.«

»Ihr solltet schnell gesund werden; ich möchte nicht, daß die Leute erfahren, an welcher Krankheit Ihr leidet . . .«

»Ich brauche keinen Mann zu nehmen, um meinen Leib zu heilen. Das gute Gewissen genügt mir. Könntest du das bloß auch von dir sagen!«

»Und doch wartet schon Euer Bräutigam, um Euch mitzunehmen, wißt Ihr das nicht?«

»Spotte nicht über das Alter, mein Sohn, du, dessen Jugend Schaden litt.«

»Ich scherze nicht. Horcht nur, Amme: Euer Bräutigam bringt Euch ein Ständchen unter Eurem Fenster . . .«

Sebastiana lauschte und hörte, wie das Horn des Aussätzigen vor dem Schlosse erklang.

Am nächsten Morgen ließ Medardo den Doktor Trelawney rufen.

»Auf dem Gesicht einer unserer alten Mägde zeigten sich verdächtige Flecken, die wir uns nicht erklären können«, sagte er dem Doktor. »Wir alle fürchten, es könnte Aussatz sein. Doktor, wir vertrauen Eurer erleuchteten Weisheit.«

Trelawney verneigte sich und stammelte: »Meine Pflicht, Mylord ... stets zu Euren Diensten, Mylord ...«

Er machte kehrt, ging hinaus, schlüpfte heimlich aus dem Schloß, nahm ein Tönnchen Weines »Cancarone« mit und verschwand in den Wäldern. Eine Woche lang ließ er sich nicht mehr blicken.

Als er zurückkam, war die Amme schon ins Aussätzigendorf verschickt worden.

Eines Abends bei Sonnenuntergang hatte sie schwarzgekleidet und verschleiert, mit einem Bündel unter dem Arm, das ihre Kleider enthielt, das Schloß verlassen. Sie wußte, daß ihr Los besiegelt war: Sie mußte den Weg nach Pratofungo gehen. Sie trat aus dem Zimmer, in dem man sie bis dahin festgehalten hatte, und es war niemand in den Gängen und auf den Treppen zu sehen. Sie ging hinunter, überquerte den Hof, gelangte ins Freie: Alles war wie ausgestorben; jeder entfernte und versteckte sich, sobald sie vorüberkam. Sie hörte, wie ein Jagdhorn einen Lockruf erschallen ließ, der nur zwei Noten abwandelte: Vor ihr auf dem Pfade war Galateo, der die Mündung seines Instrumentes gen Himmel hob. Die Amme ging langsamen Schrittes weiter; der Pfad führte auf die untergehende Sonne zu. Galateo zog in weitem Abstand vor ihr her; von Zeit zu Zeit blieb er stehen, als wollte er die im Laube summenden Hummeln betrachten, hob das Horn und stimmte einen traurigen Akkord an; die Amme blickte auf die Obstgärten und Wiesen, die sie nun verlassen mußte, und setzte dann ihren Weg fort. Allein, Galateo von weitem folgend, erreichte sie Pratofungo, und die Gatter des Dorfes schlossen sich hinter ihr, während die Harfen und Geigen zu spielen begannen.

Doktor Trelawney hatte mich sehr enttäuscht. Er hatte keinen Finger gerührt, um zu verhindern, daß die alte Sebastiana zum Aussätzigenasyl verurteilt wurde – obwohl er doch wußte, daß ihre Flecken nicht vom Aussatz herrührten. Das zeugte von seiner Feigheit, und zum erstenmal regte sich in mir ein Gefühl des Abscheus gegen den Doktor. Es kam noch hinzu, daß er mich auf seiner Flucht in die Wälder nicht mitgenommen hatte, obwohl er doch wußte, wie sehr ich ihm bei der Jagd auf Eichhörnchen und der Suche nach Himbeeren hätte von Nutzen sein können. Jetzt fand ich nicht mehr das gleiche Gefallen daran wie früher, mit ihm nach Irrlichtern zu forschen, und oft streifte ich allein umher, auf der Suche nach neuen Freunden.

Die Menschen, die mir nunmehr am besten gefielen, waren die Hugenotten, die auf dem Col Gerbido wohnten. Sie waren aus Frankreich geflohen, wo der König alle Anhänger ihrer Konfession in Stücke hauen ließ. Auf der Wanderung über das Gebirge hatten sie ihre Bilder und Kultgegenstände verloren; so besaßen sie keine Bibel mehr, konnten keine Messe mehr lesen, keine Hymnen mehr singen, keine Gebete mehr sprechen. Mißtrauisch, wie Leute nun einmal sind, die Verfolgungen durchgemacht haben und inmitten Andersgläubiger leben, hatten sie kein religiöses Buch mehr empfangen wollen und es auch abgelehnt, Ratschläge darüber zu beachten, wie sie ihren Gottesdienst gestalten sollten. Wenn jemand sie aufsuchte und sich für ihren hugenottischen Mitbruder ausgab, befürchteten sie, einen verkleideten Sendboten des Papstes vor sich zu haben, und hüllten sich in Schweigen. So hatten sie sich darangemacht, den kargen Boden des Col Gerbido zu bebauen, und von der Morgendämmerung bis spät in die Nacht plagten sich Männer und Frauen mit ihrer Arbeit und hofften, die Gnade werde sie erleuchten. Da sie über die Natur der Sünde wenig Bescheid wußten, vermehrten sie die Verbote, um nicht fehlzugehen, und hatten es so weit kommen lassen, daß sie einander mit strengen Augen betrachteten, um auszuspähen, ob irgendeine unscheinbare Geste eine schuldhafte Absicht verriete. Sie erinnerten sich dunkel an die Dispute in ihrer Kirche und unterließen es, den Namen Gottes und andere religiöse

Ausdrücke zu gebrauchen, da sie Angst hatten, sie könnten auf frevlerische Weise darüber reden. So befolgten sie keinerlei religiöse Vorschrift, hüteten sich wohl, über Glaubensfragen nachzusinnen, wiewohl sie ein ernstes Wesen zur Schau trugen, als dächten sie an nichts anderes. Statt dessen hatten die Regeln ihres mühseligen Ackerbaus mit der Zeit eine Geltung erlangt, die der der Zehn Gebote gleichkam, ebenso stand es mit den sparsamen Gewohnheiten, zu denen sie gezwungen wurden, und den häuslichen Tugenden der Frauen.

Sie waren eine große Sippe mit vielen Enkeln und Schwiegertöchtern, waren alle hager und knorrig und bestellten den Boden stets in Feiertagskleidern, schwarz zugeknöpft, die Männer mit Hüten, deren breite Krempen herabhingen, die Frauen mit weißen Hauben. Die Männer hatten lange Bärte und gingen immer mit umgehängter Flinte, doch es hieß, daß sie noch nie geschossen hätten, außer auf Spatzen, da es ihnen ihre Gebote untersagten.

Von den kalkigen Bodenstufen, auf denen kümmerliches Getreide und einige klägliche Reben mühsam gediehen, erhob sich die Stimme des alten Ezechiel, der mit zum Himmel gereckten Fäusten, mit bebendem weißem Ziegenbarte, mit rollenden Augen unter dem trichterförmigen Hute unaufhörlich schrie: »Pest und Hungersnot! Pest und Hungersnot!« und die über ihre Arbeit gebückten Angehörigen anfuhr: »Los mit der Hacke, Giona! Reiß das Unkraut aus, Susanna! Tobias, streu den

Mist aus!«; so gab er tausend Befehle und verteilte Vorwürfe mit dem Groll eines Mannes, der sich an eine Herde von Taugenichtsen und Verschwendern wendet; und jedesmal, wenn er die tausend Anordnungen herausgeschrien hatte, denen sie nachkommen sollten, damit das Land nicht verderbe, schickte er sich an, seine Befehle selber auszuführen, jagte ringsumher die anderen fort und brüllte ständig: »Pest und Hungersnot!«

Seine Frau hingegen schrie nie und schien, zum Unterschiede von den anderen, einer ihr eigenen und bis in die kleinsten Einzelheiten festgelegten verborgenen Religion sicher zu sein, von der sie nie auch nur ein Wort verlauten ließ. Es genügte, daß sie die anderen starr anblickte, wobei sich die Pupille über das ganze Auge weitete, und mit gespitzten Lippen sagte: »Dünkt dir das wirklich so, Schwester Rahel? Dünkt dir das wirklich so, Bruder Aron?«, damit das seltene Lächeln aus den Gesichtern der Angehörigen wich und ihr Ausdruck wieder ernst und gespannt wurde.

Ich kam eines Abends nach Col Gerbido, während die Hugenotten dem Gebete oblagen. Nicht daß sie Worte gesprochen, die Hände gefaltet oder gekniet hätten, sie standen aufrecht nebeneinander im Weinberge, die Männer auf der einen Seite und die Frauen auf der anderen, und dahinter der alte Ezechiel, dessen Bart die Brust bedeckte. Sie blickten gerade vor sich hin, mit geballten Fäusten, die von den langen knorrigen Armen herabhingen; aber obwohl sie in ihr Gebet vertieft erschienen, ließen sie nicht die Dinge aus den Augen, die sie umgaben: Tobias streckte die Hand aus, um eine Raupe von einer Rebe zu entfernen, Rahel verscheuchte eine Schnekke mit ihrer genagelten Schuhsohle, und sogar Ezechiel nahm auf einmal den Hut ab, um die Spatzen zu erschrecken, die sich auf dem Weizen niedergelassen hatten.

Dann stimmten sie einen Psalm an. Sie erinnerten sich nicht an die Worte, sondern nur an die Melodie, und auch die konnten sie nicht genau; häufig verlor einer den Ton, oder vielleicht detonierten sie auch alle ständig, aber sie machten nie eine Pause, und wenn eine Strophe zu Ende war, begannen sie eine andere, immer ohne Worte.

Ich spürte, wie mich jemand am Arm zog; es war der kleine Esau, der mir andeutete, ich sollte still sein und mit ihm kommen. Esau war so alt wie ich und der jüngste Sohn des alten Ezechiel; von den Seinen hatte er nur den harten und gespannten Gesichtsausdruck mitbekommen, aber mit einem Anflug spitzbübischer Bosheit. Wir krochen auf allen vieren durch den Weinberg, während er mir sagte: »Die treiben das so noch eine halbe Stunde lang; so 'n Bart! Komm und sieh dir meine Höhle an!«

Esaus Höhle war geheim. Er versteckte sich darin, damit ihn die Seinen nicht fanden und ihn dazu anhielten, die Ziegen zu hüten oder die Schnecken aus dem Gemüse herauszuklauben.

Er verbrachte dort ganze Tage mit Nichtstun, während ihn sein Vater brüllend im ganzen Lande suchte. Esau reichte mir eine Zigarre und wollte, daß ich rauchen sollte. Auch er steckte sich eine an und stieß große Rauchwolken mit einer Gier aus, wie ich sie noch nie bei einem Jungen gesehen hatte. Ich rauchte zum ersten Male; mir wurde sofort übel, so daß ich aufhörte. Um mich zu stärken, zog Esau eine Schnapsflasche heraus und goß mir ein Glas ein, wodurch ich husten mußte; auch drehte sich mir der Magen um. Er trank davon, als wäre es Wasser.

»Es braucht schon was, um mich betrunken zu machen«, sagte er.

»Wo hast du denn alle diese Sachen her, die du in der Höhle aufbewahrst?« fragte ich ihn.

Esau hob die Pfote und schnalzte mit den Fingern: »Geklaut!

Er hatte sich zum Anführer einer Bande katholischer Bengels aufgeworfen, die das umliegende Land ausplünderte; und sie begnügten sich nicht mit den Obstbäumen, sondern drangen auch in die Häuser und Hühnerställe ein. Sie fluchten noch kräftiger und häufiger als selbst Meister Pietrochiodo, kannten alle katholischen und hugenottischen Schimpfworte und tauschten sie untereinander aus.

»Aber ich begehe auch so viele andere Sünden«, erklärte er mir, »ich lege falsches Zeugnis ab, vergesse es, die Bohnen zu begießen, ehre nicht Vater und Mutter, komme abends erst spät nach Hause. Jetzt will ich alle

Sünden begehen, die es gibt, auch die, von denen es heißt, ich sei noch nicht groß genug, um sie zu begreifen.«

»Alle Sünden?« fragte ich ihn. »Auch töten?«

Er zuckte mit den Achseln. »Töten paßt mir jetzt nicht in den Kram und bringt mich nicht weiter.«

»Es heißt, daß mein Onkel aus Spaß tötet und töten läßt«, warf ich ein, um ebenfalls etwas zu haben, womit ich Esau beeindrucken konnte.

Esau spuckte aus.

»So was macht Schwachköpfen Spaß«, sagte er.

Es donnerte jetzt, und draußen vor der Höhle begann es zu regnen.

»Zu Hause werden sie dich suchen«, sagte ich zu Esau. Mich suchte nie jemand, aber mir fiel auf, daß die anderen Jungen stets von den Eltern gesucht wurden, besonders bei schlechtem Wetter, und so hielt ich das für wichtig.

»Warten wir hier ab, bis der Regen aufgehört hat«, sagte Esau, »so lange können wir würfeln.«

Er zog die Würfel und einen Geldstempel heraus. Ich hatte kein Geld und spielte daher um Pfeifen, Messer und Schleudern, was ich alles verlor.

»Nur den Mut nicht verlieren«, sagte mir Esau schließlich, »ich mogele nämlich.«

Draußen donnerte und blitzte es, auch ging ein Sturzregen nieder. Esaus Höhle wurde allmählich überschwemmt. Er brachte die Zigarren und seine sonstige Habe in Sicherheit, dann sagte er: »Es wird die ganze

Nacht über gießen! Besser, wir laufen nach Hause und suchen dort Schutz.«

Wir waren durchnäßt und schlammbespritzt, als wir den verfallenen Bau des alten Ezechiel erreichten. Beim Schein eines Lämpchens saßen die Hugenotten rings um den Tisch und suchten sich an irgendeine Erzählung der Bibel zu erinnern, wobei sie streng darauf achteten, darüber wie von etwas zu reden, das sie vermutlich einmal gelesen hatten und dessen Sinn und Wahrheitsgehalt im dunkeln blieben.

»Pest und Hungersnot«, schrie Ezechiel und hieb mit der Faust auf den Tisch, als sein Sohn Esau mit mir in der Türöffnung erschien.

Ich begann mit den Zähnen zu klappern. Esau zuckte mit den Achseln. Draußen schienen sich sämtliche Blitze auf den Col Gerbido zu entladen. Während die anderen das erloschene Lämpchen wieder anzündeten, zählte der Alte mit erhobenen Fäusten die Sünden seines Sohnes auf und nannte sie die verruchtesten, die je ein Mensch begangen habe, doch waren sie ihm nur zu einem kleinen Teil bekannt. Die Mutter bekundete stumm ihre Zustimmung, und all die anderen Söhne und Schwiegersöhne und Schwiegertöchter und Enkel senkten beim Zuhören das Kinn auf die Brust und verbargen ihr Gesicht in den Händen. Esau knabberte an einem Apfel, als ginge ihn diese Strafpredigt nichts an. Ich aber zitterte wie Espenlaub angesichts des grollenden Donners und der Stimme Ezechiels.

Das Schelten wurde unterbrochen, als die Wächter nach Hause kamen, in Säcke statt in Mäntel gehüllt und völlig vom Regen durchnäßt. Mit Flinten, Winzermessern und Heugabeln bewehrt, hielten die Hugenotten der Reihe nach während der ganzen Nacht Wache, um den heimtückischen Angriffen des Visconte, der jetzt ihr erklärter Feind war, zuvorzukommen.

»Vater! Ezechiel!« sagten diese Hugenotten. »Das ist eine Nacht, in der die Wölfe zu Haus bleiben. Bestimmt wird der Hinkefuß heute nicht kommen! Könnten wir nicht in unseren vier Wänden bleiben, Vater?«

»Hat der Krüppel ringsumher nicht genügend Zeichen hinterlassen?« fragte Ezechiel.

»Nein, Vater, abgesehen vom Brandgeruch, der von den Blitzen herrührt. Für den Einäugigen ist das keine Nacht heute.«

»Dann bleibt zu Hause und wechselt eure Kleider. Möge das Unwetter uns und dem Hohlhüftigen Frieden bringen.«

Der Hinkefuß, der Krüppel, der Einäugige, der Hohlhüftige waren einige Bezeichnungen, mit denen die Hugenotten meinen Onkel bedachten; auch hörte ich nie, daß sie ihn bei seinem richtigen Namen nannten. Mit solchen Reden bekundeten sie eine Art Vertraulichkeit mit dem Visconte, als wüßten sie genau Bescheid über ihn und als wäre er ein uralter Erzfeind von ihnen gewesen. Sie raunten sich lakonische Sätze zu, die sie mit einem Auflachen und Augenblinzeln begleiteten: »Ja, ja, der Krüppel ... Das sieht ihm wirklich ähnlich, dem Halbtauben ... «, als wären ihnen die finsteren Narreteien Medardos einleuchtend und vorhersehbar erschienen.

Sie sprachen noch so miteinander, als man einen Faustschlag gegen die Tür hörte. »Wer klopft noch bei solch einem Wetter?« sagte Ezechiel. »Macht ihm schnell auf.«

Sie öffneten, und auf der Schwelle stand der Visconte, aufrecht auf seinem einzigen Bein, in seinen tropfenden schwarzen Mantel gehüllt, mit dem vom Regen verdorbenen Federhut.

»Ich habe mein Pferd in Eurem Stall angebunden«, sagte er. »Gewährt bitte auch mir Gastfreundschaft. Es ist eine schlimme Nacht für einen Wandersmann.«

Alle blickten auf Ezechiel. Ich hatte mich unter dem Tisch versteckt, denn mein Onkel sollte nicht merken, daß ich in diesem feindlichen Hause verkehrte.

»Setzt Euch ans Feuer!« sagte Ezechiel. »Ein Gast ist in diesem Hause stets willkommen.«

Neben der Schwelle lag ein Haufen Tücher, wie man sie unter den Bäumen ausbreitet, um Oliven zu sammeln. Medardo streckte sich darauf aus und schlief ein.

Im Dunkeln scharten sich die Hugenotten um Ezechiel. »Vater, jetzt haben wir den Hinkefuß in unserer Hand!« flüsterten sie. »Sollen wir ihn entwischen lassen? Sollen wir dulden, daß er andere Verbrechen gegen Unschuldige begeht? Ezechiel, ist jetzt nicht der Augenblick gekommen, daß der Mann mit der einen Hinterbacke die Zeche bezahlt?«

Der Alte hob die Fäuste gegen die Decke. »Pest und Hungersnot!« schrie er, sofern man es Schreien nennen kann, wenn einer nahezu tonlos, aber mit aller Kraft Worte hervorbringt.

»In unserem Hause ist noch nie einem Gaste ein Leid geschehen. Ich selber werde Wache halten, um seinen Schlaf zu schützen.«

Und mit übergehängter Flinte stellte er sich neben dem liegenden Visconte auf. Medardos Auge öffnete sich. »Was macht Ihr da, Meister Ezechiel?«

»Ich schütze Euren Schlaf, Gast. Viele hassen Euch.«

»Das weiß ich«, sagte der Visconte. »Ich schlafe nicht im Schloß, weil ich befürchte, die Knechte könnten mich im Schlaf umbringen.«

»Auch in unserem Hause seid Ihr nicht beliebt, Meister Medardo. Doch heute nacht wird man Euch nichts antun.«

Der Visconte schwieg eine Weile, dann sagte er: »Ezechiel, ich möchte mich zu Eurer Konfession bekehren.«

Der Alte erwiderte kein Wort.

»Ich bin von unzuverlässigen Leuten umgeben«, fuhr Medardo fort. »Ich möchte sie loswerden und die Hugenotten ins Schloß rufen. Ihr werdet dann mein Minister, Meister Ezechiel. Ich werde Terralba zu hugenottischem Gebiet erklären und die katholischen Fürsten mit Krieg überziehen. Ihr und Eure Angehörigen werdet die Anführer sein. Einverstanden, Ezechiel? Könnt Ihr mich bekehren?«

Der Alte stand aufrecht und regungslos, mit dem Flintengurt quer über die breite Brust. »Ich habe zu viele Dinge von unserer Religion vergessen«, sagte er, »als daß ich mich getrauen könnte, jemanden zu bekehren. Ich werde auf meinem Boden bleiben, wie es mein Gewissen verlangt. Bleibt auch Ihr, wo Ihr seid, mit Eurem Gewissen.«

Der Visconte stützte sich auf seinen Ellenbogen: »Wißt Ihr auch, Ezechiel, daß ich der Inquisition noch nicht die Anwesenheit von Ketzern auf meinem Gebiet angezeigt habe? Und daß ich bei der Kurie sofort in hohen Gnaden stünde, wenn ich eure Köpfe dem Bischof als Geschenk übersenden würde?«

»Unsre Köpfe sitzen noch fest auf unseren Hälsen, Euer Gnaden«, sagte der Alte, »aber es gibt etwas, was man uns noch schwerer entreißen kann.«

Medardo sprang auf und öffnete die Tür. »Lieber schlafe ich dort unten unter der Eiche als im Haus meiner Feinde.« Und schon hüpfte er im Regen davon.

Der Alte rief die anderen: »Kinder, es stand geschrieben, als erster werde der Hinkefuß kommen, um uns heimzusuchen. Jetzt ist er gegangen; der Pfad zu unserem Hause ist wieder frei; verzagt nicht, Kinder, eines Tages wird vielleicht ein besserer Wandersmann des Weges ziehen.«

All die bärtigen Hugenotten und die Frauen mit ihren dichten Schöpfen neigten das Haupt.

»Und auch wenn niemand kommen sollte«, fügte Ezechiels Frau hinzu, »bleiben wir, wo wir sind.«

In diesem Augenblick zerriß ein Blitz den Himmel, und der Donner ließ Ziegeln und Mauersteine erbeben. Tobias rief: »Der Blitz hat die Eiche getroffen! Jetzt brennt sie.«

Sie liefen mit den Laternen hinaus und sahen, daß der große Baum vom Gipfel bis zu den Wurzeln zur Hälfte verkohlt war, die andere Hälfte war unversehrt. Von weitem hörten sie den Hufschlag eines Pferdes im Regen, und im Schein eines Blitzes erblickten sie die vermummte Gestalt des hageren Reiters.

»Du hast uns gerettet, Vater«, sagten die Hugenotten. »Hab Dank, Ezechiel.«

Der Himmel wurde hell im Osten; es begann zu tagen.

Esau rief mich zur Seite: »Gib zu, daß sie Schwachköpfe sind«, raunte er, »sieh nur, was ich inzwischen getan habe«, und er zeigte mir eine Handvoll glitzernder Gegenstände, »alle goldenen Buckel des Sattels hab ich ihm abgerissen, während das Pferd im Stall angebunden war. Gesteh nur: Sie waren Schwachköpfe, daß sie nicht auf diesen Gedanken kamen!«

Esaus Handlungsweise behagte mir nicht, und das Verhalten seiner Eltern flößte mir Scheu ein. So blieb ich lieber für mich und ging ans Meer, um Muscheln zu sammeln und Krabben zu fangen. Während ich von einer Felsenspitze aus eine kleine Krabbe aus ihrer Höhle zu treiben suchte, sah ich, wie sich im ruhigen

Wasser unter mir eine Degenklinge spiegelte, die über meinem Kopf geschwungen wurde; ich erschrak darüber so sehr, daß ich ins Meer fiel. »Halte dich hieran fest«, sagte mein Onkel, denn er war es, der sich mir von hinten genähert hatte. Und er wollte, daß ich mich an die scharfe Schneide seines Degens klammern sollte.

»Nein, das kann ich allein«, antwortete ich und kletterte auf einen Felsenvorsprung, den ein Wasserarm von den übrigen Klippen schied.

»Willst du Krabben fangen?« sagte Medardo, »ich bin auf Polypen aus«; und dann ließ er mich seine Beute sehen. Es waren dicke Polypen, braune und weiße. Durch einen Säbelhieb waren sie in zwei Hälften gespalten, aber bewegten weiter ihre Fangarme. »So könnte man jedes ganze Ding halbieren«, sagte mein Onkel, während er bäuchlings auf der Klippe lag und jene zukkenden Polypenhälften streichelte, »so könnte ein jeder aus seiner stumpfsinnigen und unwissenden Ganzheit herausfinden. Ich war ganz, und alle Dinge kamen mir natürlich und verworren vor, dumm wie die Luft; ich glaubte alles zu sehen, und es war doch nur die Schale. Solltest du jemals zu einer Hälfte deiner selbst werden, und das wünsche ich dir, mein Junge, wirst du Dinge verstehen, die der Intelligenz ganzer Gehirne verschlossen bleiben. Du wirst dann die Hälfte deiner selbst und der Welt verloren haben, aber die verbliebene Hälfte wird tausendmal tiefer und kostbarer sein. Und auch du wirst wollen, daß alles zerrissen und gespalten sei nach deinem Bilde, denn Schönheit und Weisheit und Gerechtigkeit finden sich nur in der Zerstückelung.«

»Ah«, sagte ich, »was sind hier viele Krabben«, denn ich gab vor, mich nur für meine Jagd zu interessieren, um den Degen meines Onkels von mir fernzuhalten. Ich kehrte erst zum Ufer zurück, als er sich mit seinen Polypen entfernt hatte. Doch der Nachhall seiner Worte beunruhigte mich weiterhin, und ich fühlte mich ohne Schutz gegen diese Verstümmelungswut. Wohin ich auch sah: Trelawney, Pietrochiodo, die Hugenotten, die Aussätzigen – wir alle standen im Bann des Halbierten; er war der Herr, dem wir dienten und von dem wir uns nicht zu befreien vermochten.

## 6

Angeschnallt an den Sattel seines leichtfüßigen Pferdes ritt Medardo di Terralba am frühen Morgen die Felsenhänge hinauf und hinunter und blickte ins Tal, das er mit Raubvogelauge durchforschte. So erspähte er das Hirtenmädchen Pamela auf einer Wiese inmitten ihrer Ziegen.

Der Visconte sagte sich: »Wahrhaftig, unter meinen hitzigen Gefühlen entspricht nichts der Empfindung, welche die ganzen Menschen Liebe nennen. Und wenn ihnen ein derart albernes Gefühl so wichtig ist, dann wird gewiß das, was in mir dem entsprechen könnte, herrlich und furchtbar sein.«

Und so beschloß er, sich in Pamela zu verlieben, die rundlich und barfüßig, in einem schlichten rosa Kleidchen, auf dem Bauche im Grase lag, wo sie vor sich hin döste, mit den Ziegen sprach und an den Blumen schnupperte.

Doch der Gedanke, den er so nüchtern gefaßt hatte, darf uns nicht irreführen. Beim Anblick Pamelas hatte Medardo eine unbestimmte Wallung des Blutes verspürt, wie er sie schon seit geraumer Zeit nicht mehr kannte, und so war er gewissermaßen mit verängstigter Hast auf diese Überlegungen verfallen.

Auf ihrem Heimweg am Mittag bemerkte Pamela, daß alle Gänseblümchen auf den Wiesen nur noch die Hälfte ihrer Blütenblätter behalten hatten; die andere Hälfte war abgerissen. »Weh mir«, sagte sie sich, »von allen Mädchen im Tal mußte das ausgerechnet mir geschehen!« Es war ihr bewußt geworden, daß sich der Visconte in sie verliebt hatte. Sie pflückte alle halben Gänseblümchen, nahm sie mit nach Hause und legte sie zwischen die Seiten ihres Meßbuchs.

Am Nachmittag ging sie auf die Nonnenwiese, um dort die Enten zu hüten und sie im Weiher schwimmen zu lassen. Die Wiese war übersät mit weißen Pastinaken, aber auch diese Blumen hatte das gleiche Los ereilt wie die Gänseblümchen; sie sahen aus, als wäre ein Teil jeder Dolde mit einer Schere abgeschnitten. »Weh mir«, sagte sie sich, »er hat es wahrhaftig auf mich abgesehen!«; und pflückte einen Strauß halbierter Pastinaken, um ihn hinter den Spiegel der Kommode zu stecken.

Dann dachte sie nicht mehr daran, band sich den Zopf hoch, zog ihr Kleid aus und nahm ein Bad im Teiche zusammen mit ihren Enten.

Die Wiesen, über die sie abends nach Hause gingen, standen voller Kuhblumen, die auch »Pusteblumen« heißen. Und Pamela bemerkte, daß diese nur auf einer Seite ihre Schirmchen verloren hatten. Man hätte meinen können, daß sich jemand auf den Boden gelegt hatte, um sie nur von der einen Seite oder mit halbem Munde abzublasen. Pamela pflückte einige der weißen Halbkugeln, blies darauf, und das zarte Gefieder flog weit fort. »Weh mir«, sagte sie sich, »er hat es wahrhaftig auf mich abgesehen. Wie soll das nur enden?«

Pamelas Häuschen war so klein, daß man sich nicht mehr darin bewegen konnte, sobald die Ziegen im ersten Stock und die Enten im Erdgeschoß untergebracht waren. Ringsherum schwirrten Bienen, da ihre Eltern auch Bienenstöcke hatten. Und unter der Erde wimmelte es von Ameisen, so daß man nur eine Hand auf eine beliebige Stelle zu legen brauchte, um sie schwarz und übersät von den Tierchen wieder hochzuziehen. Unter diesen Umständen schlief Pamelas Mutter im Strohschober, der Vater in einem leeren Faß und Pamela in einer Hängematte, die zwischen einem Feigenbaum und einem Ölbaum aufgehängt war.

Auf der Schwelle blieb Pamela stehen. Es lag dort ein toter Schmetterling. Ein Flügel und der halbe Leib waren mit einem Stein zerquetscht. Pamela stieß einen Schrei aus und rief nach Vater und Mutter.

»Wer war hier?« fragte Pamela.

»Unser Visconte ist vor kurzem vorbeigekommen«, antworteten Vater und Mutter, »er sagte, er verfolge einen Schmetterling, der ihn gestochen habe.«

»Wann hat denn ein Schmetterling schon jemanden gestochen?« sagte Pamela.

»Ja, das fragen wir uns auch!«

»In Wahrheit«, sagte Pamela, »hat sich der Visconte in mich verliebt, und so müssen wir auf das Schlimmste gefaßt sein.«

»Na, na, nimm es nicht so tragisch, nur nicht übertreiben!« antworteten die Eltern, so wie alte Leute immer tun, wenn ihnen die jungen nicht damit zuvorkommen.

Als Pamela am nächsten Morgen bei dem Stein anlangte, auf dem sie gewöhnlich saß, wenn sie ihre Ziegen hütete, stieß sie einen Schrei aus. Abscheuliche Überreste verunzierten den Stein: die Hälfte einer Fledermaus und die Hälfte eines Seesterns, die eine von schwarzem Blut tropfend, die andere eine klebrige Masse, die eine mit entfaltetem Flügel, die andere mit weichen, gallertartigen Fransen. Das Hirtenmädchen erkannte, daß es sich um eine Botschaft handelte. Sie lautete: »Stelldichein heute abend am Meeresstrand.« Pamela faßte sich ein Herz und ging hin.

Am Meeresufer setzte sie sich auf den Strand und lauschte dem Rauschen der weißen Wogen. Dann trappelte es auf dem Kies, und Medardo kam herangaloppiert. Er hielt an, schnallte sich ab und sprang vom Sattel.

»Pamela, ich habe beschlossen, in dich verliebt zu sein«, sagte er.

»Und deshalb«, sie sprang auf, »schändet Ihr alle Geschöpfe der Natur?«

»Pamela«, seufzte der Visconte, »das ist die einzige Sprache, in der wir miteinander reden können. Jede Begegnung zweier Wesen auf der Welt ist ein Sichzerfleischen. Komm mit mir, ich weiß über dieses Übel Bescheid, und so bist du bei mir am besten aufgehoben; denn ich tue Böses wie alle anderen, doch zum Unterschied von ihnen habe ich eine sichere Hand.«

»Und werdet Ihr auch mich schänden wie die Gänseblümchen oder die Seerosen?«

»Ich weiß noch nicht, was ich mit dir anstellen werde. Gewiß werden mir, wenn ich dich erst besitze, Dinge möglich sein, die ich mir noch gar nicht vorstellen kann. Ich werde dich ins Schloß bringen und dich dort festhalten; kein anderer wird dich zu sehen bekommen, und wir werden dann Tage und Monate vor uns haben, um herauszufinden, was wir tun sollen, und uns immer neue Arten unseres Zusammenseins ausdenken.«

Pamela lag ausgestreckt auf dem Strande, und Medardo hatte sich neben ihr hingekniet. Beim Sprechen gestikulierte er und umkreiste sie ganz nah mit der Hand, ohne sie jedoch zu berühren.

»Nun schön, zuerst muß ich wissen, was Ihr mit mir anfangen werdet. Und Ihr könnt mir gern schon jetzt davon eine Probe geben; dann werde ich entscheiden, ob ich ins Schloß kommen kann oder nicht.«

Der Visconte näherte Pamelas Wange seine zierliche und krumme Hand. Die Hand zitterte, und es war nicht ersichtlich, ob sie sich straffte, um zu streicheln oder um zu kratzen. Doch er hatte sie noch nicht berührt, als er die Hand plötzlich zurückzog und sich aufrichtete.

»Im Schloß will ich dich haben«, sagte er und schwang sich aufs Pferd, »ich lasse jetzt den Turm richten, wo du wohnen sollst. Ich gebe dir noch einen Tag Bedenkzeit, und dann muß dein Entschluß gefaßt sein.«

Und mit diesen Worten sprengte er davon, den Strand entlang.

Am nächsten Morgen kletterte Pamela wie gewöhnlich auf den Maulbeerbaum, um Beeren zu pflücken, als sie im Laube ein Stöhnen und Flattern hörte. Fast wäre sie vor Schreck hinuntergefallen. Auf einem hohen Ast war ein Hahn mit den Flügeln angebunden, und dicke bläuliche Raupen fraßen ihn an: ein Nest von Spannern, einem Ungeziefer, das auf Fichten lebt, hatte ihn regelrecht auf den Kamm gesetzt.

Offenbar war das eine weitere der schrecklichen Botschaften des Visconte. Und Pamela deutete sie wie folgt: »Morgen nach Sonnenaufgang treffen wir uns im Walde.«

Unter dem Vorwande, sie müsse einen Sack mit Kienäpfeln holen, lief Pamela in den Wald, und, gestützt auf seine Krücke, kam Medardo hinter einem Stamm hervor.

»Nun«, fragte er Pamela, »hast du dich entschlossen, ins Schloß zu kommen?«

Pamela lag auf den Fichtennadeln. Entschlossen, nicht hinzugehen, sagte sie, fast ohne sich umzudrehn: »Wenn Ihr mich wollt, so trefft mich im Walde.«

»Du wirst ins Schloß kommen. Der Turm, wo du wohnen sollst, ist gerichtet, und du wirst seine alleinige Herrin sein.«

»Ihr wollt mich nur gefangenhalten und mich vielleicht gar bei lebendigem Leibe verbrennen oder durch Mäuse annagen lassen. Nein, nein, ich sagte schon: Ich gehöre Euch, wenn Ihr wollt, aber nur hier auf den Fichtennadeln.«

Der Visconte hatte sich neben ihrem Kopf niedergekauert. Er hielt eine Fichtennadel in der Hand, näherte sich ihr und strich ihr damit um den Hals. Pamela spürte, wie sie eine Gänsehaut bekam, aber sie hielt still. Sie sah, wie sich das Gesicht des Visconte über sie neigte: Dieses Profil, das Profil blieb, auch wenn man es von vorn sah, und das halbe Zahngehege, das ein Scherenlächeln entblößte. Medardo preßte die Fichtennadel in seine Faust und zerbrach sie. Er erhob sich wieder. »Eingesperrt im Schloß will ich dich haben, eingesperrt im Schloß!«

Pamela begriff, daß sie sich etwas herausnehmen konnte; sie bewegte ihre nackten Füße in der Luft und sagte: »Hier im Walde sage ich nicht nein; eingeschlossen bekommt Ihr mich nicht einmal tot.«

»Ich werde schon sehen, wie ich dich hinbringe!« sagte Medardo und legte die Hand auf die Schulter des Pferdes, das sich ihm genähert hatte, als wenn es zufällig dort vorbeigekommen wäre. Er kletterte auf den Sattel und sprengte auf den Waldwegen davon.

In jener Nacht schlief Pamela in ihrer zwischen Ölbaum und Feigenbaum angebrachten Hängematte, und am Morgen – o Graus! – fand sie einen kleinen blutigen Leichnam in ihrem Schoß. Es war ein halbes Eichhörnchen, das wie üblich der Länge nach aufgeschnitten war, doch mit noch heilem rötlichem Schwanz.

»Ach, ich Ärmste«, sagte sie zu den Eltern, »dieser Visconte läßt mich nicht in Ruhe!«

Vater und Mutter reichten sich den Leichnam des Eichhörnchens von Hand zu Hand.

»Den Schwanz hat er aber ganz gelassen«, sagte der Vater. »Vielleicht ist das ein gutes Zeichen . . .«

»Vielleicht fängt er jetzt an, brav zu werden«, sagte die Mutter.

»Er zerschneidet immer alles in zwei Hälften«, sagte

der Vater, »aber das Schönste, was das Eichhörnchen hat: den Schwanz, den verschont er ...«

Pamela raufte sich die Haare. »Was muß ich nur von euch hören, Vater und Mutter! Da steckt etwas dahinter: Der Visconte hat mit euch gesprochen ...«

»Das nicht«, sagte der Vater, »aber er hat uns sagen lassen, er wolle uns besuchen und sich unseres Elends annehmen.«

»Vater, wenn er kommt, um mit dir zu reden, so deck die Bienenstöcke auf und laß die Bienen auf ihn los!«

»Tochter, es kann sein, daß sich Meister Medardo jetzt bessert ...«, sagte die Alte.

»Mutter, wenn er kommt, um mit dir zu reden, so binde ihn am Ameisenhaufen fest und laß ihn liegen.«

In jener Nacht begann der Strohschober, in dem die Mutter schlief, zu brennen, und das Faß, in dem der Vater schlief, brach auseinander. Am Morgen betrachteten die beiden alten Leutchen, was von diesem Unglück übriggeblieben war, als der Visconte erschien.

»Es tut mir leid, daß ich euch heute nacht erschreckt habe«, sagte er, »aber ich wußte nicht, wie ich mit euch ins Gespräch kommen sollte. Die Dinge liegen so, daß mir eure Tochter Pamela gefällt und daß ich sie mir ins Schloß holen möchte. Daher bitte ich euch in aller Form, sie mir anzuvertrauen. Ihr Leben wird sich dann ändern, und das eure auch.«

»Ob wir darüber nicht froh wären, Euer Gnaden!« sagte das Alterchen. »Aber wenn Ihr nur wüßtet, was für einen

Charakter sie hat! Stellt Euch nur vor, sie hat gesagt, wir sollten die Bienen aus den Stöcken auf Euch loslassen . . .«

»Denkt nur, Euer Gnaden . . .«, sagte die Mutter, »denkt nur, sie hat gesagt, wir sollten Euch auf dem Ameisenhaufen festbinden . . .«

Es war noch ein Segen, daß Pamela an diesem Tage früh nach Hause kam. Sie fand Vater und Mutter gefesselt und geknebelt, ihn auf dem Bienenstock, sie auf dem Ameisenhaufen. Glücklicherweise kannten die Bienen den alten Mann, und die Ameisen hatten anderes zu tun, als die alte Frau zu zwicken. So konnte sie alle beide retten.

»Habt ihr nun gesehen, wie er sich gebessert hat, der Visconte?« sagte Pamela.

Doch die beiden Alten brüteten etwas aus. Und am nächsten Morgen fesselten sie Pamela und sperrten sie im Haus mit den Tieren ein; dann gingen sie ins Schloß, um dem Visconte zu sagen, wenn er ihre Tochter haben wolle, so solle er sie holen lassen, denn sie seien bereit, ihm Pamela zu übergeben.

Doch Pamela verstand es, mit den Tieren zu reden. Durch Bisse mit dem Schnabel befreiten die Enten sie von ihren Fesseln, und mit den Hörnern stießen die Ziegen die Tür ein. Pamela lief fort und nahm ihre Lieblingsente und ihre Lieblingsziege mit, um mit ihnen im Walde zu leben. Sie hauste in einer Höhle; diese war nur ihr und einem Jungen bekannt, der ihr Nahrung und Nachrichten brachte.

Der Junge war ich. Mit Pamela lebte es sich schön im

Walde. Ich brachte ihr Früchte, Käse und gebackene Fische, und sie gab mir dafür zuweilen einen Becher Milch von der Ziege und ein Ei von der Ente. Wenn sie in den Weihern und Bächen ein Bad nahm, hielt ich Wache, damit niemand sie sah.

Zuweilen kam mein Onkel durch den Wald, aber er hielt sich fern; doch bekundete er seine Anwesenheit auf die gewohnte traurige Weise. Mitunter streifte ein Steinhagel Pamela und ihre Tiere; mitunter gab ein Fichtenstamm nach, an den sie sich lehnte, da er an der Wurzel durch Axthiebe unterhöhlt war; mitunter war eine Quelle durch die Überreste getöteter Tiere verunreinigt.

Mein Onkel ging jetzt auf die Jagd mit einer Armbrust, die er mit dem einzigen Arm zu handhaben vermochte. Doch er wirkte jetzt noch finsterer und hagerer, als wäre dieses Überbleibsel seines Leibes durch neue Leiden heimgesucht worden.

## 7

Rings um Pratofungo wuchsen Pfefferminzbüsche und Rosmarinsträucher, und es war nicht klar, ob es sich um Wildwuchs oder Kulturen eines Gewürzgartens handelte. Ich schweifte darin umher, einen süßlichen Geruch in der Nase, und suchte den Weg, auf dem ich die alte Amme Sebastiana erreichen konnte.

Seit Sebastiana auf dem Pfade, der zum Aussätzigendorf führte, entschwunden war, mußte ich häufiger daran denken, daß ich Waise war. Es bedrückte mich, daß ich nichts mehr von ihr hörte; ich erkundigte mich bei Galateo nach ihr, hockte auf einem Baumwipfel und rief ihn an, wenn er vorüberkam; doch Galateo war kein Freund der Kinder, die ihn zuweilen von den Baumwipfeln aus mit lebenden Eidechsen bewarfen, und daher gab er mir mit seiner kreischenden und honigsüßen Stimme spöttische und unverständliche Antworten. Zu der Neugierde, die mich nach Pratofungo lockte, war nun noch die Sehnsucht nach der alten Amme hinzugekommen; so trieb ich mich rastlos in den duftenden Sträuchern herum. Da erhob sich auf einmal eine hell gekleidete Gestalt, die einen Strohhut trug, aus einem Thymiangebüsch und bewegte sich auf das Dorf zu. Es war ein ältlicher Aussätziger, und ich wollte ihn nach der Amme fragen; ich näherte mich ihm daher bis in Hörweite und sagte ihm, aber ohne zu schreien: »Heda, Herr Aussätziger!«

Doch im gleichen Augenblick setzte sich in meiner unmittelbaren Nähe eine andere Gestalt auf, vielleicht weil sie meine Worte geweckt hatten, und rekelte sich. Sie hatte ein völlig schuppichtes Gesicht, wie eine trockene Rinde, und einen wolligen, schütteren, weißen Bart. Sie holte ein Pfeifchen aus der Tasche und trillerte in meiner Richtung, als wenn sie mich verhöhnen wollte. Da bemerkte ich, daß an diesem sonnigen Nachmittag viele Aussätzige umherlagen, die vom Gesträuch verdeckt gewesen waren und sich in ihren weißen Gewändern jetzt langsam aufrichteten; dann wanderten sie der Sonne entgegen nach Pratofungo, wobei sie Musikinstrumente oder Gartengeräte in der Hand hielten und damit Lärm vollführten. Ich hatte mich zurückgezogen, um mich von jenem bärtigen Manne fernzuhalten, aber lief nahezu einer Aussätzigen ohne Nase in die Arme, die sich unter einem Lorbeerbaum kämmte, und ich mochte noch so sehr im Gebüsch hin- und herspringen – überall stieß ich auf andere Aussätzige; auch bemerkte ich, daß meine Schritte, wohin ich sie auch lenkte, alle nach Pratofungo führten, dessen mit Papierdrachen geschmückte Strohdächer jetzt am Fuße jenes Hanges nah vor mir lagen.

Die Aussätzigen bekundeten nur ab und zu durch Augenzwinkern oder Akkorde auf ihren Drehorgeln, daß sie mich beachteten, doch hatte ich den Eindruck, daß eben ich im Mittelpunkt dieses ihres Marsches stand und daß sie mich nach Pratofungo geleiteten, als wäre ich ein gefangenes Tier. Im Dorfe waren die Häuserwände lila angemalt, und an einem Fenster war eine nur zur Hälfte mit losen Tüchern bekleidete Frau zu sehen, die lila Flecken auf Gesicht und Busen aufwies – eine Leierspielerin schrie: »Die Gärtner sind heimgekehrt!«; dazu spielte sie auf ihrer Leier. Andere Frauen zeigten sich an den Fenstern und auf den Altanen; sie schwenkten Halsbänder mit Schellen und sangen: »Schön willkommen, Gärtnersmann!«

Ich war bemüht, auf der Mitte der Gasse zu bleiben und niemanden zu berühren; doch sah ich mich auf einer Art Wegkreuzung ganz umringt von Aussätzigen: Männer und Frauen saßen auf ihren Türschwellen in ihren zerlumpten und verblichenen Kitteln, aus denen Beulen und Schamteile hervorschauten, während Anemonen und Weißdorn ihr Haar schmückten. Die Aussätzigen veranstalteten ein kleines Konzert: zu meinen Ehren, wie mir schien. Manche neigten mir ihre Geigen entgegen, wobei sie in übertriebener Weise den Bogenstrich verzögerten, andere begannen wie Frösche zu quaken, sobald ich sie ansah, und wieder andere zeigten mir seltsame Marionetten, die sie an einem Faden hochzogen und niederließen. Eben aus all diesen so zusammenhanglosen Gebärden und Tönen setzte sich das Konzert zusammen, aber von Zeit zu Zeit wiederholten sie eine Art Kehrreim: »Ohne Makel war das Küchlein, das durch Beeren sich befleckte.«

»Ich suche meine Amme«, sagte ich laut, »die alte Sebastiana: Wißt ihr, wo sie steckt?«

Sie brachen in Lachen aus, mit ihrer wissenden und boshaften Miene.

»Sebastiana!« rief ich, »Sebastiana, wo bist du?«

»Hier, Kindchen«, sagte ein Aussätziger, »braves Kindchen«, und deutete auf eine Tür.

Die Tür öffnete sich, und heraus trat eine olivengrüne

Frau, vielleicht eine Sarazenin, die halbnackt und tätowiert war, Papierschlangen auf dem Leibe trug und auf schamlose Weise zu tanzen begann. Ich verstand nicht recht, was sodann geschah: Männer und Frauen stürzten sich aufeinander und begannen etwas, was offenbar eine Orgie war, wie ich später erfuhr.

Ich wollte im Erdboden versinken, als sich auf einmal die alte Sebastiana in diesem Reigen Gehör verschaffte:

»Ihr häßlichen Schmutzfinken!« sagte sie. »Habt doch wenigstens Achtung vor einer unschuldigen Seele.« Sie nahm mich an der Hand und zog mich fort, während die andern sangen:

»Ohne Makel war das Küchlein, das durch Beeren sich befleckte.«

Sebastiana war in hellviolette Gewänder gekleidet, die fast an die Tracht einer Nonne erinnerten, und schon entstellten einige Flecken ihre faltenlosen Wangen. Ich war glücklich, daß ich die Amme wiedergefunden hatte, aber verzweifelt, daß sie mich an die Hand genommen, so daß ich nun gewiß von Aussatz befallen war. Und das sagte ich ihr.

»Hab keine Angst«, sagte Sebastiana, »mein Vater war ein Pirat und mein Großvater ein Einsiedler. Ich kenne die Heilkräfte aller Kräuter gegen die Krankheiten bei uns zulande und bei den Mohren. Die Leute hier peitschen sich auf mit Dosten und Eibisch; ich hingegen braue mir ganz heimlich gewisse Tränke mit Boretsch und Kresse; daher werde ich mein Leben lang keinen Aussatz bekommen.«

»Aber die Flecken, die Ihr auf dem Gesicht habt, Amme?« fragte ich, sehr erleichtert, aber noch nicht völlig überzeugt.

»Griechisches Pech. Um sie glauben zu machen, daß auch ich Aussatz habe. Komm zu mir, um einen heißen Gerstentee zu trinken, denn wenn man in dieser Gegend herumstreift, kann man nicht vorsichtig genug sein.«

Sie hatte mich in ihre Wohnung geführt, eine etwas abgelegene saubere, aber ärmliche Hütte, wo alles umherlag; dort unterhielten wir uns.

»Und Medardo? Und Medardo?« fragte sie, und jedesmal, wenn ich den Mund auftat, unterbrach sie mich.

»Ach, dieser Halunke! Ach, dieser Landstreicher! Verliebt! Das arme Mädchen! Und hier, und hier, das könnt ihr euch gar nicht vorstellen! Wenn ihr wüßtet, was hier alles vergeudet wird! All die Dinge, die wir uns vom Munde absparen, um sie Galateo zu geben, und weißt du, was sie hier damit machen? Ja, dieser Galateo taugt nicht viel, denke dir! Ein übles Subjekt, und er ist nicht der einzige! Was sie nachts alles treiben! Und auch am Tage! Und diese Weiber, so schamlose habe ich noch nie gesehen. Wenn sie nur ihre Kleider anständig halten könnten, aber nicht einmal das! Sie sind unordentlich und zerlumpt! Oh, das sagte ich ihnen ins Gesicht. Und weißt du, was sie mir geantwortet haben?«

Sehr befriedigt über diesen Besuch bei der Amme ging ich am nächsten Morgen Aale fischen.

In einem vom Gießbach gebildeten kleinen See warf ich die Angelrute aus und schlief ein während des Wartens. Ich weiß nicht, wie lange mein Schlaf anhielt; ein Lärm weckte mich auf. Ich öffnete die Augen und sah eine Hand, die nach meinem Kopf langte und auf dieser Hand eine haarige rote Spinne. Ich wandte mich um, da stand mein Onkel in seinem schwarzen Mantel.

Entsetzt sprang ich auf, doch in diesem Augenblick biß die Spinne in die Hand meines Onkels und verschwand dann im Nu. Mein Onkel führte die Hand an die Lippen, saugte die Wunde ein wenig aus und sagte: »Du schliefst, als ich sah, wie sich eine giftige Spinne von dem Zweig dort auf deinen Hals hinunterließ. Ich streckte meine Hand vor, und nun hat sie mich gebissen.«

Ich glaubte ihm kein Wort: Wenigstens dreimal hatte er mir schon mit solchen Praktiken nach dem Leben getrachtet. Doch es stand fest, daß ihn jetzt diese Spinne in die Hand gebissen hatte und daß die Hand anschwoll.

»Du bist mein Neffe«, sagte Medardo.

»Ja«, antwortete ich etwas überrascht, denn zum erstenmal zeigte er, daß er mich erkannt hatte.

»Ich erkannte dich sofort«, sagte er. Und fügte hinzu: »Oh, du Spinne! Ich habe eine einzige Hand, und du willst sie mir vergiften! Doch sicher ist es besser, wenn meine Hand leidet als der Hals dieses Kindes.«

Meines Wissens hatte mein Onkel noch nie so geredet. Ein Zweifel stieg in mir auf, ob er nicht vielleicht doch die Wahrheit sagte und ganz plötzlich gut geworden war, aber ich verscheuchte sofort diesen Gedanken: Listen und Ränke waren bei ihm gang und gäbe. Freilich wirkte er sehr verändert: Sein Ausdruck war nicht mehr grausam und gespannt, sondern milde und bekümmert, vielleicht wegen der Angst und des Schmerzes, die er durch den Biß ausstand. Doch auch seine Kleidung, die verstaubt und etwas anders zugeschnitten war als sonst bei ihm üblich, trug zu diesem Eindruck bei: Sein schwarzer Mantel war etwas zerfetzt, trockene Blätter und Kastanienschalen klebten an dem Saum; auch der Anzug war nicht aus dem gewohnten schwarzen Samt, sondern aus zerschlissenem und glanzlosem Barchent, und sein Bein steckte nicht mehr in einem hohen Lederstiefel, sondern in einem Wollstrumpf mit blauen und weißen Streifen.

Um zu zeigen, daß ich mich nicht für ihn interessierte, schaute ich nach, ob vielleicht ein Aal an meiner Angel angebissen hatte. Ein Aal war nicht zu sehen, aber am Angelhaken glänzte ein goldener Ring mit einem Diamanten. Ich zog ihn hoch und erblickte das Wappen der Terralbas auf dem Stein.

Der Visconte folgte mir mit den Augen und sagte: »Wundre dich nicht! Als ich hier vorbeikam, sah ich, wie sich ein Aal am Angelhaken abmühte, und er tat mir so leid, daß ich ihn befreite; dann dachte ich an den Schaden, den ich dem Fischer durch meine Handlungsweise zugefügt hatte; ich wollte ihn durch meinen Ring entschädigen, die einzige Wertsache, die mir geblieben ist.«

Ich war sprachlos. Und Medardo fuhr fort:

»Dabei wußte ich noch nicht, daß du der Fischer warst. Dann sah ich dich schlafend auf dem Grase liegen, und die Freude, dich zu sehen, schlug sofort in Angst um, wegen der Spinne, die sich auf dich herunterließ. Das übrige weißt du ja schon« – und bei diesen Worten betrachtete er traurig die geschwollene und violette Hand.

Möglicherweise wollte er mich mit alledem nur hinters Licht führen; doch ich mußte daran denken, wie schön solch eine plötzliche Wandlung seiner Gefühle gewesen wäre und welch eine Freude sie Sebastiana, Pamela und allen anderen, die unter seiner Grausamkeit litten, bereiten würde.

»Onkel«, sagte ich zu Medardo, »warte hier auf mich. Ich laufe zur Amme Sebastiana, die alle Kräuter kennt, und lasse mir eines geben, das die Bisse von Spinnen heilt.«

»Die Amme Sebastiana ...«, sagte der Visconte, der auf dem Boden lag und die Hand auf die Brust preßte: »Wie geht es ihr denn?«

Ich getraute mich nicht, ihm zu sagen, daß Sebastiana keinen Aussatz bekommen hatte, und bemerkte bloß: »Na, soso! Ich geh jetzt« – dann rannte ich fort und war vor allem darauf erpicht, von Sebastiana zu erfahren, was sie über diese sonderbaren Erscheinungen dachte.

Ich fand die Amme in ihrer Hütte. Ich war atemlos durch den Lauf und meine Ungeduld, und so erstattete ich ihr einen etwas wirren Bericht, aber die Alte interessierte sich mehr für den Biß als für Medardos gute Werke. »Eine rote Spinne, sagst du? Ja, ja, ich weiß schon, was für ein Kraut man da braucht ... Einem Holzfäller schwoll einmal der Arm an ... Er ist jetzt brav geworden, meinst du? Ja, was soll ich dir dazu sagen! Er war immer solch ein Kind, auch ihn muß man zu nehmen wissen ... Aber wo hab ich nur das Kraut hingetan? Man braucht ihm nur einen Wickel zu machen. Er war ein Schlingel von klein auf, der Medardo ... Da ist das Kraut, ich hatte ein Säckchen davon aufgehoben ... Aber so war es immer: Wenn er sich wehgetan hatte, kam er zur Amme, um sich auszuweinen ... Ist denn der Biß sehr tief gegangen?«

»Seine Linke ist ganz geschwollen. So dick!« sagte ich.

»Oh, o Kindchen ...«, lachte die Amme. »Die Linke ... Und wo hat er sie denn, seine Linke, der Meister Medardo? Drunten in Böhmen hat er sie gelassen, bei den Türken, die der Teufel holen soll, da blieb die ganze linke Hälfte seines Leibes ...«

»Nun ja«, wandte ich ein, »und trotzdem ... Dort stand er, hier stand ich, er drehte die Hand nach dort. Wie ist das nur möglich?«

»Kannst du denn nicht mehr rechts und links unterscheiden?« sagte die Amme. »Das hast du doch schon gelernt, als du fünf Jahre alt warst ...«

Ich kannte mich nicht mehr aus. Sebastiana hatte freilich recht, und doch war alles in meiner Erinnerung gerade umgekehrt.

»Also Mut, bring ihm das Kraut!« sagte die Amme, und ich lief los.

Keuchend langte ich am Gießbach an, aber mein Onkel war nicht mehr da. Ich blickte mich überall um: Er war verschwunden mitsamt seiner geschwollenen und vergifteten Hand.

Es wurde Abend, und ich streifte zwischen den Ölbäumen umher. Auf einmal sehe ich ihn, wie er, in seinen schwarzen Mantel gehüllt, am Rande eines Baches steht und sich an einen Stamm lehnt. Er drehte mir den Rükken und schaute zum Meer hin. Ich spürte, wie die Angst über mich kam, und mühsam, mit dünnem Stimmchen gelang es mir, ihm zu sagen: »Onkel, hier ist das Kraut für den Biß . . .«

Das Halbgesicht wandte sich sofort um und verzog sich zu einer wilden Grimasse.

»Was für ein Kraut, was für ein Biß?« schrie er.

»Doch das Heilkraut . . .«, sagte ich. Da war nun jener milde Ausdruck von vorhin schon verschwunden, es war das nur eine vorübergehende Anwandlung gewesen; jetzt kam vielleicht ein gezwungenes Lächeln zurück, aber man sah deutlich, daß es trügerisch war.

»Ja . . . brav von dir . . . steck es dort in die Baumhöhle, ich hole es mir dann später«, sagte er.

Ich gehorchte und steckte die Hand in die Höhle. Es

war ein Wespennest. Sie flogen alle auf mich zu. Ich lief davon, von dem Schwarm verfolgt, und warf mich in den Gießbach. Ich tauchte unter, und so gelang es mir, die Wespen zu vernichten. Als ich den Kopf hob, hörte ich die düstere Lache des Visconte, der sich entfernte.

Abermals war es ihm gelungen, uns hinters Licht zu führen. Doch vieles blieb mir unverständlich, und so ging ich zum Doktor Trelawney, um mit ihm darüber zu reden. Der Engländer befand sich in seinem Totengräberhäuschen, wo er beim Schein eines Öllämpchens ein Buch über menschliche Anatomie studierte, was selten geschah.

»Doktor«, fragte ich ihn, »ist es schon vorgekommen, daß einer, der von einer roten Spinne gebissen wurde, wieder ganz gesund wurde?«

»Eine rote Spinne, sagst du?« fuhr er auf. »Wer ist denn noch von einer roten Spinne gebissen worden?«

»Mein Onkel, der Visconte«, sagte ich, »und ich hatte ihm schon ein Kraut der Amme gebracht, als er, der anscheinend ein guter Mensch geworden war, wieder böse wurde und meine Hilfe ablehnte.«

»Gerade eben habe ich den Visconte behandelt, der von einer roten Spinne in die Hand gebissen worden war«, sagte Trelawney.

»Und sagen Sie mir doch, Doktor: Kam er Ihnen gut oder böse vor?«

Da erzählte mir der Doktor, wie alles vor sich gegangen war.

Nachdem ich den auf dem Grase liegenden Visconte mit seiner entzündeten Hand verlassen hatte, war dort Doktor Trelawney vorbeigekommen. Er bemerkt den Visconte und sucht sich, verängstigt wie immer, zwischen den Bäumen zu verstecken. Doch Medardo hat die Schritte gehört, erhebt sich und ruft: »Hallo, wer ist da?« Der Engländer denkt: »Wenn er herausbekommt, daß ich es bin, der sich hier versteckt, weiß ich nicht, was er noch gegen mich aushecken wird«, und läuft weg, um nicht erkannt zu werden. Er stolpert jedoch und fällt in den vom Gießbach gebildeten Teich. Obwohl Doktor Trelawney sein Leben auf Schiffen verbracht hat, kann er nicht schwimmen; er schlägt wild um sich inmitten des Teiches und schreit um Hilfe. Da sagte der Visconte: »Warten Sie auf mich!«, er geht ans Ufer, steigt ins Wasser, wobei er sich mit seiner schmerzenden Hand an einer aus dem Wasser ragenden Wurzel festhält, und streckt sich, bis sich der Doktor an seinem Fuß anklammert. Lang und dünn, wie er ist, dient er als Seil, damit der Verunglückte das Ufer erreichen kann.

Da sind sie nun in Sicherheit, und der Doktor stottert: »Oh, oh, Mylord . . . Danke schön, wirklich, Mylord . . . wie kann ich . . .«, und er niest ihm ins Gesicht, da er sich einen Schnupfen geholt hat.

»Gesundheit!«, sagte Medardo, »aber Sie müssen sich bitte etwas anziehn!«, und dann hängt er ihm seinen Mantel um die Schultern.

Der Doktor sträubt sich, verlegener denn je. Und der

Visconte bedeutete ihm: »Behalten Sie ihn doch! Er gehört Ihnen!«

Da bemerkt Trelawney Medardos geschwollene Hand.

»Welch ein Tier hat Sie gebissen?«

»Eine rote Spinne.«

»Lassen Sie sich von mir kurieren, Mylord!«

Und dann führt er ihn ins Totengräberhäuschen, wo er die Hand mit Heilmitteln und Binden behandelt. Währenddessen unterhält sich der Visconte mit ihm auf eine sehr menschliche und höfliche Weise. Beim Abschied versprechen sie einander, sich bald wiederzusehen und ihre Freundschaft zu pflegen.

»Doktor!« sagte ich, nachdem ich seine Erzählung angehört hatte, »der Visconte, den Sie behandelt haben, ist bald danach wieder seinem grausamen Wahnsinn verfallen und hat einen Wespenschwarm gegen mich aufgescheucht.«

»Nicht der Visconte, der von mir behandelt wurde«, sagte der Doktor und zwinkerte mit den Augen.

»Was meinen Sie damit, Doktor?«

»Das wirst du später erfahren. Sprich jetzt mit niemandem darüber! Und überlaß mich meinen Studien, denn es stehen wirre Zeiten bevor.«

Und dann kümmerte sich Doktor Trelawney nicht mehr um mich. Er versank wieder in jene ungewohnte Lektüre einer Abhandlung über die Anatomie des Menschen. Offenbar brütete er einen besonderen Plan aus, und auch in den folgenden Tagen blieb er schweigsam und geistesabwesend.

Doch von verschiedenen Seiten trafen Nachrichten ein über eine zweite Natur Medardos. Kinder, die sich im Walde verirrt hatten, wurden von dem an der Krücke gehenden Halbmenschen eingeholt, was ihnen große Angst einjagte, dann aber von ihm an die Hand genommen, nach Hause gebracht und mit Feigenblüten und Pfannkuchen beschenkt; arme Witwen, die Reisigbündel trugen, erhielten von ihm Hilfe; Hunde, die von Schlangen gebissen waren, wurden gepflegt; Arme fanden geheimnisvolle Geschenke auf den Fensterbrettern und Türschwellen; Obstbäume, die vom Winde entwurzelt waren, wurden aufgerichtet und wieder in ihre Scholle eingepflanzt, bevor noch die Eigentümer die Nase aus ihrer Tür gesteckt hatten.

Gleichzeitig hatten jedoch die Erscheinungen des halben, in seinen schwarzen Mantel gehüllten Visconte düstere Geschehnisse im Gefolge: Geraubte Kinder wurden später in Höhlen, die mit Steinen versperrt waren, aufgefunden; Holzstämme und Felsen stürzten auf alte Frauen herunter; Kürbisse, die eben herangereift waren, wurden aus bloßem Mutwillen in Stücke zerschnitten. Seit geraumer Zeit zielte der Visconte mit seiner Armbrust nur noch auf Schwalben; und zwar so, daß sie nicht erlegt, sondern nur verwundet und verstümmelt wurden. Doch begann man jetzt Schwalben am Himmel zu sehen, deren Beinchen verbunden und mit Holzstäbchen geschient oder deren Flügel zusammengeklebt und geputzt waren; es gab eine ganze Schar so aufgezäumter Schwalben, die vorsichtig in Schwärmen dahinflogen, wie Rekonvaleszenten eines Vogelspitals, und es ging das unwahrscheinliche Gerücht um, der gleiche Medardo sei ihr Arzt.

Einmal wurde Pamela mit ihrer Ziege und ihrer Ente an einem entlegenen wüsten Orte von einem Gewitter überrascht. Sie wußte, daß sich in der Nähe eine freilich nur kleine Grotte, eine kaum im Felsgestein angedeutete Höhlung, befand, und begab sich dorthin. Da sah sie, wie ein schäbiger und geflickter Stiefel aus der Grotte herausragte, und darin kauerte der in den schwarzen Mantel gehüllte halbierte Körper. Sie wollte fliehen, aber schon hatte sie der Visconte bemerkt, trat in den strömenden Regen hinaus und sagte ihr:

»Stell dich hier unter, Mädchen, komm!«

»Da stelle ich mich bestimmt nicht unter«, antwortete Pamela, »denn da hat kaum eine Person Platz, und Ihr wollt mich ja nur angeknabbert dort unterbringen!«

»Hab keine Angst«, sagte der Visconte, »ich werde draußen bleiben, und du kannst es dir darin ganz bequem machen, mitsamt deiner Ziege und deiner Ente!«

»Ziege und Ente schadet der Regen nichts.«

»Du wirst sehen, daß wir auch für sie Schutz finden.« Pamela, die von den seltsamen gütigen Anwandlungen des Visconte hatte erzählen hören, sagte sich:

»Versuchen wir's mal!« und duckte sich in die Grotte nieder, wobei sie die beiden Tiere an sich preßte. Der Visconte stellte sich aufrecht davor und breitete den Mantel wie ein Zelt, damit nicht einmal Ente und Ziege naß werden sollten. Pamela betrachtete seine Hand, die den Mantel hielt, stutzte einen Augenblick nachdenklich, blickte auf ihre eigenen Hände, verglich beide miteinander und brach dann in ein schallendes Gelächter aus.

»Es freut mich ja, wenn du lustig bist, Mädchen«, sagte der Visconte, »aber warum lachst du eigentlich, mit Verlaub?«

»Ich lache, weil ich begriffen habe, was alle meine Landsleute nachgerade verrückt macht.«

»Was denn?«

»Daß Ihr einmal gut und einmal böse seid. Jetzt ist ja alles ganz natürlich.«

»Und warum?«

»Weil ich daraufgekommen bin, daß Ihr die andere Hälfte seid. Der Visconte, der im Schloß lebt, dieser Bösewicht, ist die eine Hälfte. Und Ihr seid die andere Hälfte, von der man glaubte, sie sei im Kriege umgekommen, und die statt dessen jetzt heimgekehrt ist. Und das ist eine gute Hälfte.«

»Nett von dir. Danke schön.«

»Oh, so ist es einfach, ich sag es nicht, um Euch ein Kompliment zu machen.«

Das ist nun also Medardos Geschichte, wie sie Pamela

an jenem Abend erfuhr. Es stimmte nicht, daß die Kanonenkugel einen Teil seines Körpers zerkrümelt hatte: Er war in zwei Hälften zerspalten worden; die eine wurde von den Trägern gefunden, welche die Verwundeten des Heeres auflasen; die andere blieb unter einer Pyramide christlicher und türkischer Überreste begraben und kam nicht zum Vorschein. Mitten in der Nacht gingen zwei Eremiten über das Schlachtfeld, von denen man nicht genau weiß, ob es Gläubige der rechten Religion oder Negromanten waren – Leute, die sich wie manch einer in Kriegszeiten damit begnügten, im Niemandsland zwischen den beiden Lagern zu leben, und vielleicht auch, wie es jetzt heißt, versuchten, die christliche Dreieinigkeit und den Allah Mahomets miteinander zu vereinen. In ihrer bizarren Frömmigkeit hatten diese Eremiten den von ihnen gefundenen halbierten Körper Medardos in ihre Höhle gebracht, wo sie ihn mit von ihnen bereiteten Balsamen und Salben behandelten und heilten. Kaum war der Verwundete wieder bei Kräften, als er sich von seinen Rettern verabschiedete; hinkend, auf seine Krücke gestützt, war er dann Monate und Jahre durch die christlichen Länder gewandert, um in sein Schloß heimzukehren, und hatte die Menschen, die ihm begegneten, durch seine guten Taten in Erstaunen gesetzt.

Nachdem der gute halbe Visconte Pamela seine Geschichte erzählt hatte, wollte er nun auch diejenige des Hirtenmädchens hören. Und Pamela berichtete ihm, wie der böse Medardo ihr aufgelauert habe, wie sie daher von zu Hause geflohen sei und nun in den Wäldern umherirre. Der gute Medardo wurde gerührt durch Pamelas Schilderung und teilte sein Mitleid zwischen der verfolgten Unschuld des Hirtenmädchens, der trostlosen Traurigkeit des bösen Medardo und der Einsamkeit, unter der Pamelas arme Eltern leiden mußten.

»Ach die!« sagte Pamela. »Meine Eltern sind zwei alte Tunichtgute. Die verdienen es wirklich nicht, daß man Mitleid mit ihnen hat.«

»Oh, denk doch an sie, Pamela, wie traurig werden sie jetzt in ihrem alten Häuschen sein, wo sich niemand um sie kümmert und niemand auf den Feldern und im Stall die Arbeit für sie tut!«

»Wenn er nur über ihrem Kopf einstürzte, der Stall!« sagte Pamela. »Allmählich dämmert mir, daß Ihr etwas zu zart besaitet seid, und statt Euch über Euer anderes Stück zu erbosen all der Schurkereien wegen, die es ausheckt, sieht es fast so aus, als hättet Ihr auch mit ihm Mitleid.«

»Und wie sollte ich nicht? Ich weiß, was es heißt, wenn man nur ein halber Mensch ist, ich kann nicht umhin, ihn zu bedauern.«

»Aber Ihr seid doch anders; auch etwas verdreht, aber gut.«

Da sagte der gute Medardo: »O Pamela, das ist der Vorteil davon, wenn man halbiert ist: Man begreift bei jedem Menschen und bei jedem Dinge, wie ein jeder und ein jedes an seiner eigenen Unvollkommenheit leidet.

Ich war ganz und begriff nicht; stumpf und ohne mich mitteilen zu können, bewegte ich mich inmitten der Schmerzen und Wunden, die überall dort verteilt sind, wo sich jemand weniger als ganz zu glauben wagt. Nicht ich allein, Pamela, bin ein gespaltenes und entwurzeltes Wesen, sondern du ebenso und alle andern. Jetzt nun habe ich teil an einer Brüderlichkeit, die mir früher, als ganzer Mensch, unbekannt war: Sie verbindet mich mit allen Verstümmelungen und Mängeln der Welt. Wenn du mit mir kommst, Pamela, wirst du lernen, an den Leiden der anderen teilzuhaben und deine Leiden dadurch zu heilen, daß du die ihren heilst.«

»Das ist sehr schön«, sagte Pamela, »aber ich habe großes Pech mit diesem Eurem anderen Stück, das sich in mich verliebt hat, und nun weiß man nicht, was es mit mir anstellen wird.«

Mein Onkel ließ den Mantel fallen, denn das Gewitter war vorbei.

»Auch ich bin in dich verliebt, Pamela.«

Pamela sprang aus ihrer Grotte: »Wie herrlich! Der Regenbogen steht am Himmel, und ich habe einen neuen Liebhaber gefunden. Auch er ist halbiert, aber hat ein gutes Herz.«

Sie gingen unter noch tropfenden Zweigen auf ganz verschlammten Waldwegen. Der halbe Mund des Visconte verzog sich zu einem liebevollen, unvollständigen Lächeln.

»Also, was tun wir?« sagte Pamela.

»Ich meine, wir sollten zu deinen Eltern gehn, den Ärmsten, und ihnen etwas bei der Arbeit helfen.«

»Geh doch hin, wenn du Lust hast«, sagte Pamela.

»Gewiß habe ich Lust dazu, Liebe«, bemerkte der Visconte.

»Und ich bleibe hier«, sagte Pamela und blieb stehen, mit Ente und Ziege.

»Zusammen Gutes tun ist die einzige Art, wie wir uns lieben können.«

»Schade. Ich glaubte, es gäbe noch andere Arten.«

»Auf Wiedersehn, Liebe. Ich werde dir Honigkuchen bringen.« Und damit humpelte er an seiner Krücke auf dem Waldwege fort.

»Was meinst du dazu, Ziege? Was meinst du dazu, Entlein?« sagte Pamela, als sie mit ihren Tieren allein war. »Warum müssen sich denn lauter solche Burschen gerade mit mir abgeben?«

## 8

Seit alle wußten, daß die andere Hälfte des Visconte heimgekehrt war, eine ebenso gute Hälfte, wie die andere schlecht war, änderte sich das Leben in Terralba erheblich.

Morgens pflegte ich Doktor Trelawney bei seinen Krankenbesuchen zu begleiten; denn nach und nach hatte der Doktor seine ärztliche Praxis wiederaufgenommen und war darauf aufmerksam geworden, daß unsere Bevölkerung, deren Konstitution die langen Entbehrungen der letzten Zeiten untergraben hatten, an vielen, zuvor gar nicht behandelten Krankheiten litt.

Wir schritten die Feldwege entlang und sahen an einigen Anzeichen, daß mein Onkel dort vor uns gewesen war. Ich meine damit meinen Onkel, den Guten, der ebenfalls jeden Morgen nicht nur Kranke, sondern auch Arme, alte Leute und überhaupt jeden Hilfsbedürftigen aufsuchte.

Im Garten der Bacciccias waren alle reifen Früchte des Granatbaums mit verknoteten Schnupftüchern umwickelt. Wir sahen daran, daß Bacciccia Zahnweh hatte. Mein Onkel hatte die Granatäpfel eingewickelt, damit sie nicht jetzt faulten und aufplatzten, da der Eigentümer durch Krankheit verhindert war, das Haus zu verlassen und sie zu pflücken; zugleich war das aber ein Hinweis für Doktor Trelawney, er solle den Kranken besuchen und eine Zange mitbringen.

Der Prior Cecco hatte eine kümmerliche Sonnenblume auf seiner Terrasse, die nie Blüten trug. An jenem Morgen sahen wir dort drei Hennen am Geländer angebunden, die eifrig Vogelfutter fraßen und ihren weißen Kot im Topf der Sonnenblume abluden. Wir sahen daran, daß der Prior offenbar an Durchfall litt. Mein Onkel hatte die Hennen angebunden, um die Sonnenblume zu düngen, aber auch, um Doktor Trelawney auf diesen dringenden Fall aufmerksam zu machen.

Auf der Treppe der alten Giromina gewahrten wir eine Schneckenprozession, die sich auf die Haustür zubewegte: Es waren große Schnecken, wie man sie gerne gesotten ißt. Mein Onkel hatte sie aus dem Walde Giromina als Geschenk mitgebracht, aber zugleich dienten sie als Zeichen, daß sich das Herzleiden der armen Alten verschlimmert hatte und daß der Doktor beim Betreten ihres Hauses leise sein müsse, um sie nicht zu erschrecken.

Alle diese chiffrierten Mitteilungen wurden von Medardo, dem Guten, verwandt, um die Kranken nicht durch ein allzu ungestümes Verlangen nach ärztlicher Pflege aufzuregen, aber auch, damit Trelawney sofort eine Vorstellung bekäme, worum es sich handelte, bevor er in ein Haus ging, und damit er auf solche Weise seine Abscheu davor überwände, unter ein fremdes Dach zu treten und mit Kranken in Berührung zu kommen, deren Leiden er nicht kannte.

Da pflanzte sich auf einmal der Alarm im Tale fort: »Der Bösewicht! Es kommt der Bösewicht!«

Damit war die böse Hälfte meines Onkels gemeint, die man durch das Land hatte reiten sehen. Da lief ein jeder, um sich zu verstecken, allen voran Doktor Trelawney, und ich hinter ihm her.

Wir kamen am Hause der Giromina vorüber, und auf der Treppe waren die Spuren auseinandergerissener

Schnecken: Überall sah man Schleim und die Splitter der Schneckenhäuser.

»Hier ist er schon gewesen! Tempo!«

Auf der Terrasse des Priors Cecco waren die Hennen auf das Flechtwerk gebunden, auf dem die Tomaten trocknen sollten, und so besudelten sie diese Gottesgaben.

»Tempo!«

Im Garten der Bacciccia lagen alle Granatäpfel zerfetzt auf dem Boden, und von den Zweigen hingen die Fetzen herunter.

»Tempo!«

So verging unser Leben zwischen Nächstenliebe und Terror. Der Gute (wie man die linke Hälfte meines Onkels nannte im Gegensatz zum Bösewicht, worunter man die andere verstand) wurde nunmehr wie ein Heiliger verehrt. Die Krüppel, die Armen, die verlassenen Frauen: Alle, die irgendein Kummer drückte, strömten ihm zu. Er hätte das nutzen können, um selber Visconte zu werden. Statt dessen spielte er weiter den Vagabunden, streifte umher, halb in seinen zerlumpten schwarzen Mantel gehüllt, auf die Krücke gestützt, mit einem weißen und einem blauen Strumpf, die voller Flicken waren, und tat Gutes allen jenen, die es von ihm verlangten, wie auch solchen, die ihn schmählich davonjagten. Und das Schaf, das sich in der Schlucht das Bein gebrochen hatte, der Trinker, der in der Schenke das Messer zog, die Ehebrecherin, die des Nachts zum Geliebten lief – sie alle sahen ihn wie vom Himmel gefallen plötzlich auftauchen: schwarz und hager, mit freundlichem Lächeln, um Hilfe zu leisten, um gute Ratschläge zu geben, um Gewalttaten und Sünden zu verhindern.

Pamela lebte noch immer im Walde. Sie hatte sich eine Schaukel zwischen zwei Fichten gebastelt und daneben eine solidere für die Ziege sowie eine leichtere für die Ente angebracht; nun verbrachte sie die Zeit damit, sich mit ihren Tieren zu schaukeln. Doch zu einer bestimmten Stunde kam der gute Medardo mit einem Bündel auf dem Rücken zwischen den Fichten herangehinkt. Es enthielt Sachen, die gereinigt und geflickt werden mußten und die er bei Bettlern, Waisen und allein auf der Welt stehenden Kranken eingesammelt hatte; er gab sie Pamela zum Waschen und verschaffte so auch ihr die Gelegenheit, etwas Gutes zu tun. Pamela, die sich langweilte, weil sie sich immer im Walde aufhalten mußte, wusch alles im Bach und half ihm. Dann hängte sie die Wäsche an den Leinen der Schaukel zum Trocknen auf, und der Gute saß derweil auf einem Stein und las ihr aus Torquato Tasso vor.

Pamela fand keinen Geschmack an der Lektüre; sie lag behaglich im Grase, lauste sich (denn durch das Waldleben hatte sie sich einige dieser Tierchen geholt), kratzte sich mit einer »Stich-den-Hintern« genannten Pflanze, gähnte, schnellte mit den nackten Füßen Steine in die Luft und betrachtete ihre Beine, die ihr rosa und feist genug erschienen. Ohne die Augen vom Buche zu heben, deklamierte Medardo, der Gute, einen Achtzeiler nach dem anderen in der Absicht, die Sitten des bäurischen Mädchens zu verfeinern.

Doch sie, die dem Faden nicht folgte und sich langweilte, stiftete ganz heimlich die Ziege an, dem Guten sein halbes Gesicht abzulecken, und die Ente, sich auf das Buch zu setzen. Der Gute sprang zurück und hob das Buch, das sich schloß; doch gerade in diesem Augenblick sprengte der Bösewicht zwischen den Bäumen hervor und zückte eine große Sichel gegen den Guten. Die Klinge der Sichel traf das Buch und zerschnitt es seiner ganzen Länge nach säuberlich in zwei Hälften. Der Teil mit dem Buchrücken blieb dem Guten in der Hand, und die andere Hälfte zerfiel in tausend halbe Blätter, die durch die Luft flatterten. Der Bösewicht galoppierte davon; gewiß hatte er versucht, den halben Kopf des Guten abzusicheln, aber die beiden Tiere hatten sich gerade im richtigen Augenblick dort eingefunden. Tassos halbe Seiten mit den weißen Rändern und den halbierten Versen wurden vom Winde fortgetragen und ließen sich auf den Fichtenzweigen, auf dem Grase und auf den Bächen nieder. Von einem Hügel betrachtete Pamela dieses weiße Geflatter und sagte: »Wie schön!«

Einige weiße Blätter wehten auch auf den Waldweg, den Doktor Trelawney und ich hinuntergingen. Der Doktor haschte eines im Fluge, drehte es hin und her, versuchte diese Verse ohne Anfang und Ende zu entziffern und schüttelte den Kopf.

»Das ist ja gar nicht zu verstehen . . . Sst . . . sst . . .«

Der Ruf Medardos, des Guten, war bis zu den Hugenotten gedrungen, und man sah des öfteren, wie der alte Ezechiel auf der höchsten Bodenstufe des gelben Weinberges stehenblieb und den steinigen Maultierpfad betrachtete, der vom Tal heraufführte.

»Vater«, sagte einer der Söhne, »ich sehe, Ihr blickt ins Tal hinunter, als wartetet Ihr auf jemanden.«

»Dem Menschen steht es an zu warten«, erwiderte Ezechiel, »und zwar dem Gerechten mit Zuversicht; dem Ungerechten mit Angst.«

»Wartet Ihr auf den Hinkefuß-am-anderen-Bein, Vater?«

»Hast du von ihm reden hören?«

»Im ganzen Tal spricht man von nichts anderem als dem linkshändigen Krüppel. Meint Ihr, er wird zu uns heraufkommen?«

»Wenn unser Boden Menschen gehört, die guten Willens sind, und auch er guten Willens ist, so besteht kein Grund, weshalb er nicht kommen sollte.«

»Der Maultierpfad ist steil für einen, der an der Krükke gehen muß.«

»Es hat schon einmal einen Einfüßigen gegeben, der ein Pferd fand, auf dem er hinaufgelangte.«

Als die anderen Hugenotten Ezechiel sprechen hörten, waren sie zwischen den Furchen hervorgekommen und hatten sich um ihn versammelt. Und als sie hörten, wie er auf den Visconte anspielte, erstarrten sie in Schweigen.

»Vater Ezechiel«, sagten sie, »in der Nacht, als der Dünne kam und der Blitz die halbe Eiche in Brand setzte – damals sagtet Ihr, eines Tages würde uns vielleicht ein besserer Wanderer besuchen.«

Ezechiel neigte zustimmend den Bart bis auf die Brust.

»Vater, der Lahme, von dem wir eben sprachen, gleicht dem anderen und ist ihm entgegengesetzt, in Leib und Seele: Er ist barmherzig, so wie der andere grausam war. Sollte das der Besucher sein, den Eure Worte ankündigten?«

»Ein jeder Wanderer auf jeder Straße kann es sein, also auch er.«

»Dann wollen wir alle hoffen, er möge es sein«, sagten die Hugenotten.

Starr vor sich hinblickend kam Ezechiels Frau hinzu, die einen Karren mit Reisig schob.

»Wir hoffen stets auf das Gute«, sagte sie, »daher müssen wir beständig so handeln, wie es die Gerechtigkeit vorschreibt, und unser Feld bestellen, auch wenn einer, der durch unsere Hügel humpelt, bloß ein armer Kriegsinvalide ist, der Gutes oder Böses im Schilde führt.«

»Das versteht sich«, antworteten die Hugenotten, »haben wir etwa das Gegenteil behauptet?«

»Nun gut«, sagte die Frau, »wenn wir uns einig sind, so können wir ja zu Hacke und Karst zurückkehren.«

»Pest und Hungersnot!« brach Ezechiel los, »wer hat euch gesagt, daß ihr mit Hacken aufhören sollt?«

Die Hugenotten verteilten sich zwischen den Furchen, um in den begonnenen Arbeiten fortzufahren, aber im gleichen Augenblick rief Esau, der bemerkt hatte, wie geistesabwesend sein Vater war, so daß er auf dem Feigenbaum sitzend die frühreifen Früchte verspeiste:

»Seht da drunten! Wer kommt denn da auf dem Maultier?«

Wahrhaftig kam die Steigung ein Maultier herauf, auf dessen Saumsattel ein halber Mann gebunden war. Es war das Medardo, der Gute, der das elende alte Tier gekauft hatte, als man es eben im Bach ertränken wollte; denn es war so heruntergekommen, daß es nicht einmal mehr für das Schlachthaus taugte.

»Was macht das, ich wiege ja nur soviel wie ein halber Mann!« sagte er sich, »und das alte Maultier wird mich noch tragen können. Wenn auch ich dann beritten bin, komme ich weiter herum und kann überall Gutes tun.« So machte er sich auf seiner ersten Reise zu einem Besuche der Hugenotten auf.

Die Hugenotten waren zu seinem Empfang kerzengerade in Reih und Glied angetreten und sangen einen Psalm. Dann trat der Alte heran und bot ihm Willkommen wie einem Bruder. Der Gute, der vom Maultier gestiegen war, erwiderte feierlich diese Begrüßung, neigte sich, um Ezechiels Frau, die trotzig und krumm dastand, die Hand zu küssen, erkundigte sich nach aller Gesundheit, streckte die Hand aus, um Esaus borstigen

Kopf zu streicheln, worauf der Knabe zurückwich, interessierte sich für jedermanns Kümmernisse und ließ sich die Geschichte ihrer Verfolgungen erzählen; gerührt nahm er an allem Anteil und brach in Klagen aus. Natürlich sprachen sie darüber, ohne die religiöse Kontroverse hervorzuheben, als handelte es sich um eine Verkettung unglücklicher Umstände, für die man die allgemeine menschliche Bosheit verantwortlich machen müsse. Medardo überging den Umstand, daß die Verfolgungen von der Kirche geführt wurden, zu der er sich selbst bekannte, und die Hugenotten sahen ihrerseits von Glaubensbeteuerungen ab, schon weil sie befürchteten, sie könnten etwas theologisch Falsches sagen. So endete ihre Unterhaltung mit verschwommenen menschenfreundlichen Reden, in denen sie jede Gewalttat und jede Ausschreitung mißbilligten. Alle waren sich einig, doch wirkte die ganze Atmosphäre etwas kühl.

Dann besichtigte der Gute die Felder, bedauerte die Hugenotten wegen der spärlichen Erträge und zeigte sich zufrieden, daß sie heuer doch zumindest eine gute Roggenernte gehabt hätten.

»Für wieviel verkauft ihr euren Roggen?« fragte er sie.

»Für drei Taler das Pfund«, sagte Ezechiel.

»Drei Taler das Pfund? Aber in Terralba sterben die armen Leute vor Hunger, Freunde, und können nicht einmal eine Handvoll Roggen kaufen! Vielleicht wißt ihr nicht, daß der Hagel im Tal die Roggenernte zerstört hat und daß ihr die einzigen seid, die so viele Familien vom Hunger erretten könnten?«

»Das wissen wir«, sagte Ezechiel, »und eben deshalb können wir auch gut verkaufen ...«

»Aber denkt doch nur an den Liebesdienst, den ihr diesen Ärmsten erweisen würdet, wenn ihr den Roggenpreis senktet ... Denkt an das Gute, das ihr tun könnt ...«

Der lange Ezechiel blieb mit verschränkten Armen vor dem Guten stehen, und alle Hugenotten taten es ihm nach.

»Nächstenliebe üben, Bruder«, sagte er, »heißt nicht, daß wir mit unseren Preisen heruntergehen.«

Der Gute ging in den Feldern umher und sah alte, zum Skelett abgemagerte Hugenotten in der Sonnenglut den Boden hacken.

»Ihr seht schlecht aus«, sagte er einem Alten, dessen Bart so lang war, daß ihn die Hacke traf, »fühlt Ihr Euch vielleicht nicht wohl?«

»So wohl, wie sich einer fühlen kann, der mit siebzig Jahren zehn Stunden lang hackt und nur Rübensuppe im Bauch hat.«

»Das ist mein Vetter Adam«, sagte Ezechiel, »ein ungewöhnlicher Arbeiter.«

»Aber Ihr müßt Euch doch ausruhen und besser ernähren, bei Eurem Alter«, wollte der Gute eben sagen, aber barsch zog ihn Ezechiel fort.

»Wir alle müssen uns hier sehr sauer unser Brot verdienen, Bruder«, sagte er in einem Ton, der keine Widerrede duldete.

Zuvor, als er gerade vom Maultier gestiegen war, hatte es der Gute selber anbinden wollen und um einen Sack Hafer gebeten, damit es sich nach dem Aufstieg stärke. Ezechiel und seine Frau hatten sich beide angesehen, denn ihrer Meinung nach wäre für solch ein Maultier eine Handvoll wilder Zichorien gut genug gewesen; doch die herzliche Begrüßung des Gastes befand sich gerade auf ihrem Höhepunkt, und so hatten sie den Hafer bringen lassen. Jetzt indessen bedachte es der alte Ezechiel noch einmal und konnte sich wahrhaftig nicht damit abfinden, daß dieses Gerippe von einem Maultier ihren wenigen Hafer verzehren sollte; ohne daß sein Gast ihn hören konnte, rief er daher Esau und sagte ihm:

»Esau, geh ganz sachte zum Maultier hin, nimm ihm den Hafer weg und gib ihm etwas anderes.«

»Einen Trank gegen Asthma?«

»Abgekernte Maiskolben, Erbsenschoten, was du willst.«

Esau ging hin, nahm dem Maultier den Sack weg und empfing einen Fußtritt, durch den er eine Weile lahmte. Um sich dafür zu entschädigen, versteckte er den übriggebliebenen Hafer, um ihn auf eigene Rechnung zu verkaufen, und sagte, das Maultier habe den Sack schon völlig leergefressen.

Die Sonne ging eben unter. Der Gute befand sich mit den Hugenotten inmitten der Felder, und sie wußten nicht mehr, was sie einander sagen sollten.

»Wir haben noch eine gute Stunde Arbeit vor uns, Gast«, sagte Ezechiels Frau.

»Dann will ich nicht mehr lästig fallen.«

»Viel Glück, Gast.«

Und der gute Medardo trat auf seinem Maultier den Rückweg an.

»Ein armer Kriegsinvalide«, sagte die Frau, als er sich entfernt hatte. »Wie viele gibt es doch in dieser Gegend! Die Ärmsten!«

»Weiß Gott, die Ärmsten!« pflichteten alle Angehörigen bei.

»Pest und Hungersnot!« brüllte der alte Ezechiel auf seinem Rundgang durch die Felder und reckte beim Anblick der mißratenen Arbeiten und der Schäden durch Trockenheit die Fäuste gen Himmel. »Pest und Hungersnot!«

## 9

Häufig ging ich am Morgen in Pietrochiodos Werkstatt, um die Maschine zu betrachten, die der erfinderische Meister eben baute. Der Zimmermann lebte in immer größeren Ängsten und Gewissensnöten, seit ihn Medardo, der Gute, zu nächtlicher Stunde aufsuchte, ihm den traurigen Zweck seiner Erfindung vorhielt und ihn ermahnte, Apparate zu konstruieren, die von der Güte und nicht dem Durst nach Grausamkeit in Gang gesetzt würden.

»Aber was für eine Maschine soll ich denn bauen, Meister Medardo?« fragte Pietrochiodo.

»Hör zu: Du könntest zum Beispiel...«, und der Gute begann, ihm die Maschine zu beschreiben, die er bei ihm bestellt hätte, wenn er an Stelle seiner anderen Hälfte Visconte gewesen wäre; dabei unterstützte er seine Erläuterung durch konfuse Zeichnungen.

Pietrochiodo hatte zunächst den Eindruck, diese Maschine solle eine Orgel sein, eine riesige Orgel, deren Tasten die lieblichsten Melodien hervorrufen würden; so begann er bereits, das für die Orgelpfeifen geeignete Holz auszusuchen; aber von einer neuen Unterhaltung mit dem Guten hatte er nur ganz verworrene Vorstellungen über ein solches Instrument mitbekommen. Anscheinend wollte der Gute nicht Luft, sondern Mehl durch die Pfeifen strömen lassen. Und das Ganze sollte offenbar nicht nur Orgel, sondern auch Mühle sein und für die Armen mahlen und außerdem möglichst einen Backofen zum Kuchenbacken ersetzen. Jeden Tag vervollständigte der Gute seine Idee und skizzierte Pläne, Bogen auf Bogen, aber Pietrochiodo vermochte nicht mit ihm Schritt zu halten; denn diese Orgel-Mühle, die zugleich Backofen war, sollte auch Wasser aus den Brunnen schöpfen, um den Eseln die Mühe abzunehmen, und sich auf Rädern fortbewegen, um die verschiedenen Dörfer zu versorgen, und schließlich an Festtagen in der Luft schweben, um mit ringsum angebrachten Netzen Schmetterlinge zu fangen.

Und der Zimmermann begann sich zu fragen, ob es nicht die menschlichen Möglichkeiten überstiege, gute Maschinen zu bauen, während Galgen und Marterinstrumente als einzige zweckmäßig und genau funktionierten. Wahrhaftig, kaum hatte der böse Medardo dem Pietrochiodo die Idee eines neuen Mechanismus dargelegt, als der Meister auch schon vor sich sah, wie sich dieser Einfall verwirklichen ließe; so machte er sich an die Arbeit; eine jede Einzelheit kam ihm unersetzlich und vollkommen vor, und das fertige Instrument erschien ihm als ein Meisterwerk der Technik und der Erfindungsgabe.

Der Meister härmte sich: »Sollte vielleicht meine Seele von solcher Bosheit erfüllt sein, daß mir nur grausame Maschinen gelingen?« Aber gleichwohl fuhr er fort, mit Eifer und Geschick weitere Folterwerkzeuge zu erfinden.

Eines Tages sah ich ihn an einem seltsamen Apparat arbeiten: einem weißen Galgen, der eine schwarze Holzwand einrahmte; der ebenfalls weiße Strick war durch zwei Löcher in der Wand gezogen, gerade an der Stelle, wo die lose Schlinge angebracht war.

»Was ist das für eine Maschine, Meister?« fragte ich ihn.

»Ein Galgen, auf dem man im Profil aufhängen kann«, sagte er.

»Und für wen habt ihr den gebaut?«

»Für einen einzigen Menschen, der das Urteil spricht und zugleich verurteilt wird. Mit dem halben Kopf verurteilt er sich selber zum Tode, und mit der anderen Hälfte schlüpft er in die Schlinge und stößt seinen letzten Seufzer aus. Es wäre mir am liebsten, wenn man die beiden miteinander verwechseln würde.«

Ich entnahm daraus, daß der Bösewicht, der spürte, wie die gute Hälfte seines Ichs immer volkstümlicher wurde, beschlossen hatte, diese so schnell wie möglich zu beseitigen.

In der Tat rief er die Häscher herbei und sagte:

»Ein anrüchiger Vagabund macht schon allzulange unsere Gegend unsicher und sät Zwietracht. Verhaftet den Unruhestifter bis morgen und bringt ihn uns!«

»Der Befehl wird ausgeführt, Euer Gnaden«, sagten die Häscher und gingen ihres Weges. Da der Böse nicht schieläugig war, bemerkte er nicht, daß sie sich zugezwinkert hatten, als sie ihm antworteten.

Nun muß man wissen, daß in jenen Tagen eine Palastverschwörung angezettelt worden war, der sich auch die Häscher angeschlossen hatten. Es handelte sich darum, den gegenwärtigen halben Visconte gefangenzunehmen und zu beseitigen und dann Schloß und Titel der anderen Hälfte zu übergeben. Diese wußte jedoch nichts davon. So erwachte der Gute eines Nachts im

Heuschober, in dem er schlief, und sah sich von Häschern umgeben.

»Habt keine Angst!« sagte ihr Anführer, »der Visconte hat uns ausgesandt, Euch umzubringen, aber wir sind seine grausame Tyrannei satt und haben daher beschlossen, *ihn* umzubringen und Euch an seine Stelle zu setzen.«

»Was höre ich da! Und das habt ihr am Ende schon getan? Ich sage – habt ihr den Visconte schon umgebracht?«

»Nein, aber wir sind im Begriff, es zu tun, noch diesen Morgen.«

»Oh, dem Himmel sei Dank! Nein, befleckt euch nicht mit dem Blut anderer, es ist davon schon genug geflossen. Was für ein Segen könnte auf einer Herrschaft ruhn, die durch ein Verbrechen errichtet wurde!«

»Das macht nichts, wir sperren ihn im Turm ein, und so haben wir endlich Ruhe vor ihm!«

»Hebt nicht die Hand gegen ihn und gegen niemanden, ich flehe euch an! Auch mich schmerzt die Gewalttätigkeit des Visconte: Und doch gibt es dagegen kein anderes Mittel, als daß wir ihm ein gutes Beispiel geben und uns freundlich und tugendhaft gegen ihn zeigen.«

»Dann müssen wir *Euch* umbringen, Herr!«

»O nein! Ich sagte euch doch: Ihr dürft niemanden umbringen!«

»Wie ist das möglich! Wenn wir den Visconte nicht umbringen, müssen wir ihm gehorchen!«

»Nehmt dieses Fläschchen! Es enthält einige Unzen – die letzten, die mir blieben – von der Salbe, mit der mich die böhmischen Eremiten kuriert haben; sie brachten mir bisher Linderung, wenn mich bei einem Wetterwechsel die riesige Narbe schmerzte. Bringt sie dem Visconte und sagt ihm nur: Dies schenkt Euch einer, der weiß, was es heißt, wenn man Adern hat, die in einem Pfropfen enden.«

Die Häscher gingen zum Visconte mit dem Fläschchen, und der Visconte verurteilte sie zum Tod durch den Strang. Um die Häscher zu retten, beschlossen die anderen Verschworenen loszuschlagen. Aber sie waren zu ungeschickt, um ihre Absichten geheimzuhalten. Die Revolte wurde aufgedeckt und im Blut erstickt. Der Gute brachte Blumen zu den Gräbern und tröstete Witwen und Waisen.

Von der Güte Medardos, des Guten, ließ sich nur die alte Sebastiana nicht beeindrucken. Auf seinen eifrigen Unternehmungen kehrte er häufig in der Hütte der alten Amme ein und zeigte sich immer liebenswürdig und aufmerksam. Sie aber hielt ihm jedesmal eine Strafpredigt. Vielleicht infolge ihrer unbestimmten Mutterliebe, vielleicht auch, weil das Alter allmählich ihren Geist trübte, kümmerte sie sich wenig um die Scheidung Medardos in zwei Hälften: Sie schalt die eine Hälfte wegen der Missetaten der anderen, erteilte der einen Ratschläge, welche nur die andere befolgen konnte, und so fort.

»Und warum hast du Großmutter Bigins Hahn den Kopf abgeschnitten, der Ärmsten, die nur diesen einen besaß?«

»So groß wie du bist, treibst du nichts als Unfug . . .«

»Aber weshalb sagst du mir das, Amme? Du weißt doch, daß ich es gar nicht gewesen bin . . .«

»Da hört sich doch alles auf! Wer ist es denn sonst gewesen?«

»Ich, aber . . .«

»Aha! Siehst du! . . .«

»Aber nicht ich hier . . .«

»He, weil ich alt bin, hältst du mich wohl für blöd? Aber wenn man mir von irgendeiner Schurkerei erzählt, weiß ich sofort, ob du sie angezettelt hast. Und dann sage ich mir im stillen: Ich wette, da steckt Medardo dahinter . . .«

»Aber Ihr irrt Euch stets . . .«

»Ich irre mich? . . . Ihr Jungen sagt uns Alten, wir irrten uns . . . Und was tut ihr denn? Du hast deine Krücke dem alten Isidor geschenkt. Und da bist du noch stolz darauf? Er benutzte sie, um seine Frau zu prügeln, die Ärmste . . .«

»Er hat mir gesagt, er könnte nicht gehen, wegen der Gicht.«

»Da hat er geschwindelt . . . Und du schenkst ihm gleich die Krücke . . . Jetzt hat er sie auf dem Rücken seiner Frau zerbrochen, und du wanderst umher und stützt dich auf den Ast eines Weinstocks . . . Du hast keinen Kopf, ja, so bist du! Immer derselbe! Und als du Bernardos Stier mit Branntwein besoffen machtest? . . .«

»Das war ich nicht . . .«

»Ja, ja, das warst du nicht! Alle sagen es ja: immer der Visconte!«

Die häufigen Besuche des Guten in Pratofungo erklärten sich, abgesehen von seiner kindlichen Anhänglichkeit an die Amme, aus dem Umstande, daß er sich damals der armen Aussätzigen annahm. Gegen eine Ansteckung war er immun (offenbar wiederum infolge der geheimnisvollen Kur der Eremiten), und so wanderte er durchs Dorf, erkundigte sich eingehend nach den Bedürfnissen eines jeden und ließ ihnen keine Ruhe, bis er sich auf jede Weise für sie eingesetzt hatte. Häufig pendelte er auf dem Rücken seines Maultiers zwischen Pratofungo und dem Häuschen des Doktors Trelawney hin und her, um Ratschläge und Medizin zu erbitten. Wenn sich auch der Doktor noch immer nicht getraute, den Aussätzigen nahe zu kommen, so schien er sich doch, durch Vermittlung des Guten, allmählich für sie zu interessieren.

Doch mein Onkel hatte noch größere Pläne: Er hatte sich nicht nur vorgenommen, die Körper der Aussätzigen zu heilen, sondern auch ihre Seelen. Und so hielt er sich ständig in ihrer Mitte auf, um sie zu belehren, um seine Nase in ihre Angelegenheiten zu stecken, um Anstoß zu nehmen und Predigten zu halten. Die Aussätzigen konnten ihn nicht leiden. Die glücklichen und liederlichen Zeiten in Pratofungo waren zu Ende. Mit diesem schmächtigen Kerl, der nur auf einem Bein einherstelzte, diesem Schwarzrock und feierlichen Sentenzenspucker konnte man nicht mehr seinem Vergnügen nachgehen, ohne daß man in aller Öffentlichkeit dafür getadelt wurde, was einem Bosheiten und Schabernack eintrug. Auch die Musik wurde ihnen vergällt, da sie immer wieder zu hören bekamen, ihr Musizieren sei eitel, unzüchtig und nicht von guten Empfindungen eingegeben, und so bedeckten sich ihre seltsamen Instrumente mit Staub. Da die aussätzigen Frauen nun nicht mehr in solcher Ausgelassenheit eine Ablenkung fanden, fühlten sie sich auf einmal vereinsamt und wurden sich ihrer Krankheit bewußt: So verbrachten sie die Abende weinend und in Verzweiflung.

»Von den beiden Hälften ist die gute noch schlimmer als die böse«, begann man in Pratofungo zu sagen.

Doch nicht nur bei den Aussätzigen war die Bewunderung für den Guten im Schwinden.

»Es ist noch ein Glück, daß ihn die Kanonenkugel bloß halbiert hat«, sagten alle, »wer weiß, was wir noch alles hätten erleben müssen, wenn sie ihn in drei Teile zerrissen hätte!«

Die Hugenotten ließen jetzt Wachen die Runde machen, um sich auch vor ihm zu schützen, denn er hatte nunmehr vor ihnen allen Respekt verloren und kam zu jeder Stunde, um auszuspionieren, wie viele Säcke sich in ihren Kornspeichern befanden, und sie wegen der zu hohen Preise zur Rede zu stellen; danach ging er umher und erzählte es jedermann, wodurch er ihnen die Geschäfte verdarb.

So vergingen die Tage in Terralba, und unsere Empfindungen wurden immer farbloser und abgestumpfter, denn wir fühlten uns wie verloren zwischen Niedertracht und Tugend, die gleichermaßen unmenschlich waren.

## 10

Es gibt keine Mondnacht, in der nicht in ruchlosen Seelen die bösen Gedanken sich ineinander verschlingen wie eine Schlangenbrut und in menschenfreundlichen Gemütern Lilien der Entsagung und Hingabe aufsprießen. So schweiften Medardos beide Hälften auf den Steilhängen Terralbas umher, von entgegengesetzten Gefühlen gepeinigt.

Nachdem sie beide ihren Entschluß gefaßt hatten, machten sie sich am Morgen auf, um ihn zu verwirklichen.

Als Pamelas Mutter Wasser schöpfen wollte, geriet sie in einen Hinterhalt und stürzte in den Brunnen. An einem Seil hängend schrie sie: »Zu Hilfe!«, als sie in der

Brunneneinfassung gegen den Himmel die Silhouette Medardos des Bösen erblickte, der ihr sagte:

»Ich wollte nur mit Euch reden. Ich habe mir folgendes überlegt: In Gesellschaft Eurer Tochter Pamela sieht man öfters einen halbierten Vagabunden. Zwingt sie, ihn zu heiraten; er hat sie nachgerade kompromittiert, und wenn er ein Ehrenmann ist, muß er den Schaden wiedergutmachen. So hab ich's mir ausgedacht; verlangt keine weiteren Erklärungen von mir.«

Pamelas Vater trug einen Sack voller Oliven, die von seinem Ölbaum stammten, zur Ölpresse, aber der Sack hatte ein Loch, und so folgte ihm auf dem Pfad eine Olivenspur. Als er spürte, daß seine Last leichter geworden war, nahm er den Sack von der Schulter und gewahrte, daß dieser fast leer war. Doch dahinter sah er den Guten kommen, der die Oliven Stück für Stück aufsammelte und in den Mantel steckte.

»Ich ging Euch nach, um mit Euch zu reden, und hatte das Glück, Eure Oliven zu retten. Hört, was ich auf dem Herzen habe. Schon seit einer Weile dünkt mir, daß jemand, dem ich gerne helfen möchte, gerade unter meiner Gegenwart leidet. Ich werde also Terralba verlassen. Doch nur, wenn mein Fortgehen zwei Menschen den Frieden wieder schenkt: Eurer Tochter, die in einer Höhle schläft, während sie für eine edle Bestimmung ausersehen ist, und meiner unseligen rechten Hälfte, die nicht so allein bleiben darf. Pamela und der Visconte sollten miteinander die Ehe eingehn.«

Pamela richtete gerade ein Eichhörnchen ab, als sie ihre Mutter traf, die so tat, als wollte sie Kienäpfel sammeln.

»Pamela«, sagte die Mutter, »es ist an der Zeit, daß dich der Vagabund, den sie den Guten nennen, heiratet.«

»Wie kommst du auf diesen Gedanken?« sagte Pamela.

»Er hat dich kompromittiert, so muß er dich heiraten. Er ist so nett, daß er nicht nein sagen wird, wenn du's ihm anträgst.«

»Aber warum hast du dir das bloß in den Kopf gesetzt?«

»Schweig still: Wenn du wüßtest, wer mich darauf gebracht hat, würdest du nicht mehr so viel fragen! Der Bösewicht in Person hat's mir gesagt, unser erlauchtester Visconte!«

»Ei der Daus!« sagte Pamela und ließ das Eichhörnchen in ihren Schoß fallen, »wer weiß, was er da im Schilde führt!«

Bald danach versuchte sie, sich das Blasen auf einem Grashalm beizubringen, als sie ihrem Vater begegnete, der so tat, als wollte er Reisig sammeln.

»Pamela«, sagte der Vater, »unter der einen Bedingung, daß er dich in der Kirche heiratet, mußt du dem Visconte jetzt dein Jawort geben.«

»Stammt diese Idee von dir, oder hat dir das jemand gesagt?«

»Möchtest du nicht gern Viscontessa werden?«

»Antworte mir auf meine Frage!«

»Na schön; stell dir vor, eine herzensgute Seele sagte das: der Vagabund, den sie den Guten nennen!«

»Ach, dem fällt aber auch nichts Besseres ein! Du wirst schon sehn, was ich aushecke!«

Während er auf seinem mageren Klepper durchs Gestrüpp ritt, dachte der Bösewicht über seinen Feldzugsplan nach: Falls Pamela den Guten heiratete, war sie vor dem Gesetz die Gattin Medardo Terralbas, das heißt seine Frau. Auf dieses Recht pochend, hätte sie der Bösewicht leicht seinem so gefügigen und wenig kampflustigen Rivalen wegnehmen können.

Doch da begegnet er Pamela, die ihm sagt: »Visconte, ich habe beschlossen, daß wir heiraten, wenn Euch das recht ist.«

»Du und wer?« fragte der Visconte.

»Ich und du, und dann komme ich mit aufs Schloß und werde Viscontessa.«

Das hatte der Bösewicht nicht erwartet, und er dachte bei sich: »Dann hat es ja keinen Zweck, diese ganze Komödie aufzuziehn: Ich heirate sie selber, und damit ist alles in Ordnung!«

Er sagte daher: »Mir ist's recht.«

Und Pamela: »Einigt Euch mit meinem Papa.«

Bald danach begegnete Pamela dem Guten auf seinem Maultier.

»Medardo«, sagte sie, »mir ist klargeworden, daß ich regelrecht in dich verliebt bin, und wenn du mich glücklich machen willst, mußt du um meine Hand anhalten.«

Dem Ärmsten, der ihr zuliebe jenen großen Verzicht ausgesprochen hatte, blieb der Mund offen. »Aber wenn es ihr Freude macht, mich zu heiraten, kann ich sie doch nicht einen anderen heiraten lassen«, dachte er bei sich und sagte: »Liebe, ich eile, um alles für die Trauung vorzubereiten.«

»Einige dich nur bitte mit meiner Mama!« sagte sie.

Ganz Terralba stand Kopf, als bekannt wurde, daß Pamela heiraten werde. Manche sagten, sie heirate den einen, manche, sie heirate den anderen. Offenbar hatten es ihre Eltern eigens darauf abgesehen, die Verwirrung noch zu steigern. Im Schloß freilich putzten und schmückten sie alles, als stände ein großes Fest bevor. Und der Visconte hatte sich einen schwarzen Anzug mit einem großen Puffärmel und einem puffigen Hosenbein anfertigen lassen. Doch auch der Vagabund ließ das arme Maultier striegeln und sich Ellbogen und Knie flicken. Auf jeden Fall brannten derweil in der Kirche alle Kerzen auf den Kandelabern.

Pamela sagte, sie werde erst den Wald verlassen, wenn der Brautzug sich ordne. Ich machte die Besorgungen für ihre Aussteuer. Ein weißes Kleid mit Schleier und endloser Schleppe wurde genäht, und ein Kranz und ein Gürtel aus Lavendelblüten wurden geflochten. Da ihr Schleier noch ein paar Meter zu lang war, schneiderte sie auch ein Brautkleid für die Ziege und eins für die Ente und lief so durch den Wald, gefolgt von ihren Tieren, bis der Schleier völlig zerriß und die Schleppe alle auf den Waldwegen trocknenden Fichtennadeln und Kastanienschalen mitnahm.

Doch in der Nacht vor der Hochzeit wurde sie nachdenklich und ängstigte sich etwas. Sie saß auf einem baumlosen Hügelchen mit der Schleppe, die sie um ihre Füße gewickelt hatte, dem Lavendelkränzchen, das ihr schief auf dem Kopf saß, stützte ihr Kinn auf eine Hand und schaute seufzend auf die Wälder ringsum.

Ich war immer bei ihr, da ich als Hochzeitspage ausersehen war, zusammen mit Esau, der sich jedoch nie blikken ließ.

»Wen wirst du heiraten, Pamela?« fragte ich sie.

»Das weiß ich nicht«, sagte sie, »ich weiß wirklich nicht, was geschehen wird. Wird es gut enden? Wird es schlecht enden?«

Aus den Wäldern stieg bald eine Art Kehllaut, bald ein Seufzer auf. Das waren die beiden halbierten Freier, die, in ihre schwarzen Mäntel gehüllt, von der Aufregung des Vorabends erfaßt, in den Schluchten und auf den Steilhängen des Waldes umherschweiften, der eine auf seinem mageren Gaule, der andere auf seinem haarlosen Maultier; so grunzten und seufzten sie, ganz erfüllt von ihren Sehnsüchten und Grillen. Und das Pferd sprang über Felsen und Steingeröll, das Maultier kletterte über Abhänge und Bergstürze, ohne daß sich die beiden Reiter jemals begegneten.

Bis im Morgengrauen das zum Galopp angespornte

Pferd beim Abstieg in eine Schlucht zu lahmen begann; so konnte der Bösewicht nicht rechtzeitig zur Hochzeit erscheinen. Das Maultier hingegen zog gemächlich und wohlbehalten seines Weges, und der Gute traf pünktlich in der Kirche ein, gerade als auch die Braut dort anlangte; ich und Esau, der sich ziehen ließ, trugen ihr die Schleppe.

Als die Menge nur den Guten, auf seine Krücke gestützt, als Bräutigam kommen sah, war sie etwas enttäuscht. Doch wurde die Eheschließung ordnungsgemäß vollzogen, die Brautleute gaben sich das Jawort, tauschten ihre Ringe, und der Priester sprach: »Medardo di Terralba und Pamela Marcolfi, ich bestätige euren Bund.«

In diesem Augenblick trat der Visconte ein und schritt, sich an seiner Krücke aufrichtend, durch das Kirchenschiff; sein neuer bauschiger Samtanzug war durchnäßt und zerrissen. Er sagte: »Medardo di Terralba bin ich, und Pamela ist meine Frau.«

Der Gute hinkte zu ihm hin: »Nein, der Medardo, der Pamela geheiratet hat, bin ich.«

Der Böse warf die Krücke fort und legte die Hand an den Degen. Der Gute konnte nicht umhin, das gleiche zu tun.

»Achtung!«

Der Böse machte einen Ausfall, der Gute ging in Verteidigungsstellung, aber schon kugelten sie beide auf den Boden.

Sie sahen ein, daß man unmöglich fechten konnte, wenn man mit einem einzigen Bein das Gleichgewicht halten mußte.

Es wurde also nötig, das Duell zu vertagen, um es noch besser vorzubereiten.

»Und wißt ihr, was ich jetzt tue?« sagte Pamela, »ich kehre in den Wald zurück!« Dann lief sie aus der Kirche, aber diesmal ohne Pagen, die ihr die Schleppe trugen. Auf der Brücke fand sie Ziege und Ente vor, die dort auf sie gewartet hatten und nun neben ihr herhüpften.

Es wurde vereinbart, daß das Duell am kommenden Morgen bei Sonnenaufgang auf der Nonnenwiese stattfinden sollte. Meister Pietrochiodo erfand eine Art Zirkelbein, das am Leibgurt der Halbierten befestigt wurde und mit dessen Hilfe sie aufrecht stehen, sich fortbewegen und auch den Oberkörper nach vorn und rückwärts beugen konnten; dabei bohrte sich die Spitze dieses Kunstbeins in den Boden, um ihnen Halt zu geben. Ein Aussätziger namens Galateo, der vor seiner Erkrankung adligen Standes gewesen war, fungierte als Schiedsrichter; die Sekundanten des Bösewichts waren Pamelas Vater und der Anführer der Häscher; die Sekundanten des Guten waren zwei Hugenotten. Doktor Trelawney sorgte für den ärztlichen Beistand und erschien mit einem Ballen von Binden und einer großen Korbflasche voller Wundbalsam, als hätte er die Opfer einer ganzen Schlacht betreuen müssen. Für mich war das von Vorteil, denn da ich ihm bei der Beförderung dieser Dinge helfen mußte, konnte ich an dem Treffen teilnehmen.

Der Morgen dämmerte grünlich herauf; auf der Wiese standen die beiden hageren, schwarzen Duellanten regungslos in strammer Haltung. Der Aussätzige blies das Horn, das war das Signal: Der Himmel erbebte wie eine straffe Membrane; die Siebenschläfer in den Höhlen gruben ihre Krallen ins Erdreich; ohne den Kopf zu heben, den sie zwischen ihre Flügel gesteckt hatten, rissen sich die Elstern unter Schmerzen eine Feder aus der Achselgrube; das Maul des Regenwurms fraß den eigenen Schwanz, die Viper stach sich mit ihren Zähnen, die Wespe brach ihren Stachel am Stein, und alle Dinge kehrten sich gegen sich selbst: Der Rauhreif auf den Brunnen gefror, die Moosflechten wurden zu Stein und die Steine zu Flechten, das trockene Laub wurde zu Erde, und das zähe und dickflüssige Harz vernichtete unbarmherzig die Bäume. Mit beiden Händen, die einen Degen als Waffe führten, stürzte sich so auch der Mensch in den Kampf gegen sich selbst.

Abermals hatte Pietrochiodo ein Meisterwerk vollbracht: Die Zirkel zeichneten Kreise auf den Rasen, und die Fechter vollführten ruckhafte und hölzerne Attacken mit Paraden und Finten. Aber sie berührten sich nicht. Bei jedem Ausfall schien sich die Degenspitze mit Sicherheit dem flatternden Mantel des Gegners zuzukehren; ein jeder schien hartnäckig auf die Seite zu zielen, wo nichts vorhanden war, wo sich also er selber hätte befinden müssen. Wären sie statt halber Duellanten ganze Duellanten gewesen, hätten sie sich freilich ungezählte Male verwunden müssen. Der Böse schlug sich mit wütendem Ingrimm, und doch glückte es ihm nie, dort anzugreifen, wo sich sein Feind befand; der Gute war ein untadeliger Linkshänder, aber er durchlöcherte lediglich den Mantel des Visconte.

Schließlich standen sie Degenglocke gegen Degenglocke; die Zirkelspitzen bohrten sich in den Boden wie Eggen. Der Böse befreite sich durch einen Ruck, und schon war er drauf und dran, das Gleichgewicht zu verlieren und auf den Boden zu purzeln, als es ihm gelang, einen schrecklichen Hieb zu führen, mit dem er den Leib des Gegners nicht eigentlich traf, aber streifte: Dieser Hieb lief parallel zu der Linie, die den Körper des Guten unterbrach, und zwar in solcher Nähe, daß man zuerst nicht wußte, ob sie sich mehr außen oder innen befand. Doch alsbald sahen wir, wie sich der Körper vom Kopf bis zum Ansatz des Beins blutrot färbte, und so gab es keinen Zweifel mehr. Dem Guten schwanden die Kräfte, aber in einer letzten weitausholenden und nahezu barmherzigen Bewegung ließ auch er den Degen in nächster Nähe des Rivalen, vom Kopf bis zum Unterleib niedersausen: dort, wo der Körper des Bösen nicht mehr vorhanden war und dort, wo sein Dasein eben begann. Auch der Leib des Bösen schwitzte jetzt Blut, so weit der riesige alte Riß reichte: die Hiebe des einen und des andern hatten abermals alle Adern aufgetrennt und die Wunde wieder geöffnet, die sie gespalten und ihnen ihre Gesichter verliehen hatte. Nunmehr lagen sie auf dem Rücken, und beider Blut, das schon einmal vereint gewesen war, mischte sich von neuem auf dem Rasen.

Ich war ganz in diesen schrecklichen Anblick vertieft und hatte daher nicht auf Trelawney achtgegeben, bis ich gewahr wurde, daß der Doktor mit seinen Grillenbeinchen Freudensprünge vollführte, in die Hände klatschte und schrie: »Er ist gerettet, er ist gerettet! Laßt mich nur machen!«

Eine halbe Stunde später trugen wir einen einzigen Verwundeten auf einer Bahre ins Schloß zurück. Der Bösewicht und der Gute waren eng zusammengebunden: Der Doktor hatte alle Adern und Eingeweide der einen und der anderen Seite sorgfältig zusammengefügt und sie sodann mit kilometerlangen Binden so straff bandagiert, daß man eher eine antike Mumie als einen Verwundeten vor sich zu sehen meinte.

Man pflegte meinen Onkel Tag und Nacht, während er zwischen Leben und Tod schwebte. Als dann die Amme Sebastiana eines Morgens dieses Gesicht betrachtete, das von der Stirn bis zum Kinn ein roter, sich dann am Hals fortsetzender Strich durchzog, rief sie aus: »Da! Er hat sich bewegt!«

Wahrhaftig durchlief ein Zucken die Gesichtszüge meines Onkels, und der Doktor weinte vor Freude, als er sah, wie es von der einen auf die andere Wange übersprang.

Schließlich öffnete Medardo die Augen, die Lippen; zuerst war sein Ausdruck verzerrt: Ein Auge blickte finster, das andere flehend drein, die Stirn war hier gerunzelt, dort heiter, der eine Mundwinkel lächelte, und der andere zeigte die Zähne. Dann wurde nach und nach alles wieder symmetrisch.

Der Doktor Trelawney sagte: »Jetzt ist er genesen.« Und Pamela rief: »Endlich bekomme ich nun einen Ehemann, der komplett ist.«

Auf diese Weise wurde mein Onkel Medardo wieder zu einem ganzen Menschen, der weder gut noch schlecht war, sondern eine Mischung von Bosheit und Güte; offenbar also dem Manne nicht unähnlich, der er vor seiner Halbierung gewesen war. Doch ihm eignete die Erfahrung der beiden nun wieder miteinander verschmolzenen Hälften, und er mußte daher recht weise sein. Sein Leben verlief glücklich, er hatte viele Kinder und führte ein gerechtes Regiment. Auch unser Leben nahm eine Wendung zum Besseren. Vielleicht erwarteten wir, daß nunmehr, da der Visconte wieder ganz geworden war, für uns ein goldenes Zeitalter anbrechen würde; doch es liegt auf der Hand, daß ein vollkommener Visconte nicht ausreicht, um die ganze Welt vollkommen zu machen.

Immerhin baute Pietrochiodo nicht mehr Galgen, sondern Mühlen, und Trelawney vernachlässigte die Irrlichter, um sich statt dessen den Masern und der Wundrose zu widmen. Ich hingegen fühlte mich immer bekümmerter und mangelhafter inmitten all dieses Ganzheitsüberschwangs. Mitunter hält sich einer für unvollkommen und ist nur jung.

Ich hatte inzwischen die Schwelle des Jünglingsalters erreicht, und noch versteckte ich mich zwischen den Wurzeln der großen Bäume im Walde, um mir Geschichten zu erzählen. Es kam vor, daß ich eine Fichtennadel als einen Ritter oder eine Dame oder einen Hanswurst ansah; ich ließ sie vor meinen Augen hin- und herhüpfen und begeisterte mich an endlosen Erzählungen. Dann schämte ich mich auf einmal solcher Faseleien und lief davon.

Und es kam der Tag, an dem mich auch Doktor Trelawney verließ. Eines Morgens lief eine Flotte bewimpelter Schiffe, welche die englische Flagge führte, in unserem Golf ein und ging an der Reede vor Anker. Ganz Terralba kam ans Ufer gelaufen, um sie zu sehen, außer mir, der ich nichts davon wußte. An den Brustwehren der Aufbauten und auf den Masten wimmelte es von Matrosen, die Ananasfrüchte und Schildkröten zeigten und mit lateinischen und englischen Sprüchen beschriftete Bändchen schwenkten. Auf dem Achterdeck stand Kapitän Cook inmitten der Offiziere, die Dreispitz und Perücke trugen, und fixierte mit dem Fernrohr das Ufer: Kaum hatte er Doktor Trelawney erblickt, als er befahl, ihm die folgende Botschaft durch Flaggensignale zu übermitteln: »Kommen Sie sofort an Bord, Doktor, wir müssen unseren Tresett weiterspielen!«

Der Doktor grüßte alle in Terralba und verließ uns. Die Matrosen stimmten eine Hymne an: »O Australia!«, und der Doktor wurde, auf einem Faß des Weines »Cancarone« reitend, an Bord gehievt. Dann lichteten die Schiffe den Anker.

Ich hatte nichts gesehen. Ich war im Walde versteckt, wo ich mir Geschichten erzählte. Zu spät erfuhr ich alles, worauf ich zur Küste rannte und rief: »Doktor! Doktor Trelawney! Nehmen Sie mich mit! Sie können mich doch nicht allein hier lassen, Doktor!«

Doch schon verschwanden die Schiffe am Horizonte, und ich blieb hier zurück, in dieser unserer Welt voller Verantwortung und Irrlichter.

Die Zweiteilung Medardo di Terralbas während der Türkenkriege zeigt sich nicht nur als einschneidendes und folgenschweres Ereignis für seinen Leib. Nachdem die äußerlichen Wunden verheilt sind, erweist es sich, daß die zwei Seelen in des Viscontes Brust nun auf seine zwei Körperhälften verteilt sind: Während der böse Visconte, von Haß und Halbierungswut getrieben, alles zerstört, was ihn an den Verlust seiner Ganzheit erinnert, fühlt sich der gute Visconte in seiner unendlichen Barmherzigkeit kompletter als vor der Teilung. Als sich nun beide Hälften in dieselbe Frau verlieben, kommt es zum Duell, das dem geteilten Visconte eine Wiedervereinigung von Körper und Seele beschert – und eine Rückkehr zum Mittelmaß ... »Calvino ist ein Meister des intelligenten Verwirrspiels, ein Liebhaber der doppelten Böden und des kunstvoll angelegten Labyrinths, ein Autor, der seine Leser augenzwinkernd zu Komplizen machen möchte.« (Claus-Ulrich Bielefeld)

## Der Autor

Italo Calvino wurde am 15. Oktober 1923 in Santiago de las Vegas/Kuba geboren. Aufgewachsen in San Remo, 1943 Partisan. Literaturstudium in Turin, nach dem Krieg Journalist und Lektor. Er starb am 19. September 1985 in Siena. Einige seiner Werke: ›Der Baron auf den Bäumen‹ (1957; dt. 1960), ›Die unsichtbaren Städte‹ (1972; dt. 1977), ›Das Schloß, darin sich Schicksale kreuzen‹ (1973; dt. 1978), ›Wenn ein Reisender in einer Winternacht‹ (1979; dt. 1983).